Simone, La onzième heure
de Lou Benedict
est le quatorzième ouvrage publié en collaboration avec
La Rocade.
Il a été édité et est imprimé au Canada.

SIMONE
LA ONZIÈME HEURE

VOIX ENTRAVÉES

LOU BENEDICT

AVEC

BEN MORRIS

FANTASTIQUE

Conception graphique : Bernard Marquis

Révision : Bernard Marquis

Correction : Elisabeth Tremblay

Cet ouvrage est une œuvre de fiction ; toute ressemblance avec des personnes ou des faits réels n'est que pure coïncidence.

Information: contact.locus.production@gmail.com

Site web de notre partenaire : www.larocade.ca

Dépôt légal — 1ᵉʳ trimestre 2026

Bibliothèque et Archives nationales du Québec Bibliothèque et Archives Canada

ISBN (imprimé) 978-2-9824008-1-8

SIMONE
LA ONZIÈME HEURE

Elle essayait de me dire quelque chose (...). Et je n'ai pas entendu. Je n'ai pas vu et je n'ai pas entendu. Parce que je ne le voulais pas. Parce que la vérité fait mal, la vérité a un coût, la vérité bouleverse votre monde.

Dennis Lehanne
Le silence

1

RÉSURRECTION

François Boissonneault piétine devant les portes d'ascenseur de l'Institut neurologique de Montréal. Dans sa hâte d'assister à la résurrection d'Ezio, il décide de prendre l'escalier. À chaque marche, la sensation de remonter le temps s'intensifie. Quel est ce vertige ? Cette impression immanente d'atteindre un autre rivage. Ressentir le risque de sauter à pieds joints sur un continent inconnu : celui de sa filiation avec pour seul filet de sûreté la vérité du sang, de l'appartenance.

À l'étage, il passe en coup de vent devant le comptoir de réception, négligeant les salutations d'usage au personnel qu'il côtoie pourtant depuis les quarante semaines qu'a duré le coma de son petit-fils. Il entre dans la chambre, hoche la tête pour saluer l'infirmier Claude. Il se rend au lit et se tord les mains d'appréhension. Est-ce que son regard dégage l'espoir ou la peur ?

— Coucou, Oiseau ! C'est ton vieux Fresno. Fres-no!

On l'a appelé à son chevet pour le débranchement de l'assistance respiratoire et du monitorage cardiaque. Selon les spécialistes, il n'en aurait plus besoin vu les manifestations musculaires encourageantes enregistrées vers onze heures du soir.

C'est bien la première bonne nouvelle que je puisse associer à la onzième heure. Et si le vent tournait : avec Ezio je me construirai une nouvelle famille, enfin l'espoir, fini l'isolement !

Après dix mois de cet état végétatif, les risques de morbidité associés à la manœuvre nécessitaient de contacter la famille pour décider de la suite. Les lésions cérébrales probables allaient sous peu révéler leurs séquelles.

D'abord, le garçon le reconnaitra-t-il seulement ? Un moment de terreur à la vue de ce visage quasi étranger, devant témoins, saboterait l'issue de la démarche d'adoption déjà entamée. Par ailleurs, l'oubli pourrait facilement passer pour une conséquence de son accident.

Quoi qu'il en soit, François est prêt à accepter son petit-fils avec ses limitations, à une seule condition : si son unique descendant revient d'entre les morts, il faut qu'il soit serein, la tête bien vide ! Ce réveil serait la chance d'implanter sa version des faits concernant sa mère et sa grand-mère. Voilà son véritable objectif ; pour le reste, il se farcira les explications des experts en réhabilitation des muscles et des tendons. Le petit affiche une maigreur extrême. On ne fabrique pas de muscles sous un drap d'hôpital, perfusé de vitamines et relié à une sonde urinaire. Ce qu'il redoute par-dessus tout, c'est la durée de la rééducation, qu'il devra diriger sans même connaitre les goûts ni les habitudes de son petit-fils.

Puis l'environnement sonore ramène le grand-père au temps présent, au chevet de cet inconnu. Quelques bips changent de fréquence et de rythme. Le témoin lumineux de l'encéphalogramme palpite. Les membres du patient tressaillent. Ses paupières s'agitent. L'infirmier, surexcité, regarde le moniteur clignotant, comme s'il s'en attribuait l'exploit. Il retire les derniers adhésifs qui maintiennent le respirateur en place. La coque triangulaire a masqué si longtemps le jeune visage que le grand-père en a perdu les repères.

Déjà, la tête n'a plus sa forme initiale et le cuir chevelu proteste encore. À la suite de l'opération de traction pratiquée après que l'enfant eut fracassé le pare-brise de la voiture, ses cheveux n'ont pas repoussé le long de la ligne de peau bridée lorsque la cicatrice s'est refermée. La bande élastique qui retient la coque sur son visage cerne la suture, comme pour la souligner. La touffe noire au sommet fut taillée à la manière d'une coupe au bol : le lavage s'en trouvait simplifié, le coup de peigne vite expédié. La nuque rasée, telle celle d'un moine, facilitait l'entretien et adoucissait le contact contre l'oreiller. Dans l'ombre, une moustache commençait à poindre, aussi sombre que la chevelure, et l'on pouvait redouter d'y reconnaitre, en dépit de sa frêle silhouette, la lippe d'Hitler.

L'infirmier termine sa besogne, mais, surpris, il se presse de passer une lingette au pourtour des naseaux pour effacer les résidus de colle. Cela fait grimacer Ezio et cette réaction épidermique est plutôt normale. Ce faisant, il livre sans pudeur un premier contact visuel rebutant.

— Oh ! Oiseau... soupire le grand-père. Ouvre les yeux, c'est moi, Fresno : parle-moi !

Le caneton arbore un duvet à la lèvre supérieure, mais le plus rébarbatif se trouve juste au-
dessus. Au centre du visage pâle, un nez aquilin,
allongé selon l'espace dévolu. Le cartilage
proéminent est recouvert d'une peau presque
translucide.

Toujours encastrée dans l'oreiller, la tête d'Ezio
semble se fendre tant la mâchoire s'ouvre sur un
bâillement démesuré, accentuant la perspective
horrifique du nez en bec d'aigle. Avec un bruit de
succion grossier, il relâche de l'air malodorant.
Quand il ouvre les paupières, le grand-père frémit :
les iris ballottent de bas en haut sans se fixer, tel
un balancier vertical frénétique.

Avec précaution, l'infirmier Claude passe les
mains sur ses yeux fous pour en refermer les
paupières.

— Monsieur Boissonneault, ne vous inquiétez
pas. On le gardera sous sédatifs légers pour les
prochaines heures, ça va le rétablir petit à petit. La
convalescence sera longue : le Dr Bachaud vous
expliquera tout ça lorsque notre patient aura reçu
son congé.

Surmontant son dédain, il cherche sous le drap
la main d'Ezio pour la frictionner et lui signaler sa
présence. Il déteste le contact des doigts squelet-

tiques et des ongles trop longs. Aujourd'hui, un sursaut nerveux agite ses phalanges osseuses, gratifiant la paume du grand-père d'une estafilade avant de retomber sur le drap, en spasmes. Perturbé, François lèche sans délai le sang sur sa propre peau pour ne pas souiller le drap immaculé en ce jour de résurrection. Dans un mouvement de recul, il lâche un murmure irrépressible :

— Qui es-tu, petit diable ?

2

DORMIR DEMANDE
UN EFFORT

François prétend qu'il a besoin d'une pause pour échapper à ce repaire technologique et à la matrice qui couve ce spectre. Il tremble et se sent étourdi, mais avance prudemment jusqu'au salon des visiteurs afin de ne pas attirer l'attention du personnel. On ne doit pas douter de sa clairvoyance et de son ardeur, alors qu'il atteint le sommet de ses soixante ans. L'unique membre de la famille demeurant près d'Ezio est rongé par le dégoût, tout en désirant le voir se développer et prospérer dans cette nouvelle étape de sa vie. En fin de compte, il se considère comme le mentor le plus qualifié pour en prendre soin, car les grands-parents en Italie ignore probablement même son existence...

Il serre ses mains l'une contre l'autre pour maîtriser leur tremblement. L'heure du jugement est arrivée ; jusqu'à maintenant, il a maintenu l'image d'un ainé dévoué rendant visite fréquemment à un mourant, sa vertu resplendissante aux yeux de tous. Il devra désormais soutenir un survivant en quête de son indépendance, tandis que sa patience se réduira, tout comme ses économies accumulées au cours d'une vie de travail.

Son index essuie l'humidité sous son nez, puis descend le long de son philtrum, comme s'il suppliait les anges de lui indiquer comment rebondir. Il était le seul gardien du monde spectral d'Ezio, veillant silencieusement sur le jeune homme dont l'adolescence se fanait sous les draps de l'hôpital. La puberté l'avait épuisé au lieu de le fortifier. Elle était apparue dans l'obscurité, marquant la fin inéluctable de son enfance, sans les découvertes maladroites ni les sensations qui auraient dû l'accompagner.

Depuis l'accident de voiture qui a coûté la vie à sa mère Emma et à son compagnon, le jeune s'accrochait à la vie malgré son état d'inconscience.

Le grand-père l'appelait Oiseau, un sobriquet qu'il lui avait donné quand son petit-fils avait prononcé « woua-zo » avant de maîtriser son prénom. Il n'aurait jamais utilisé les sobriquets « Moineau » ou « Corbeau », des mots trop chargés de symboles sinistres ou mystiques. Il était réfractaire au folklore ésotérique. Simone s'était déjà trop perdue dans ces dérives avec Emma, la maman de l'enfant. Il serait peut-être plus approprié de dire « feue Emma », l'instigatrice de ses malheurs. Les éléments étaient clairs : l'incident n'avait rien d'accidentel. Trois tests toxicologiques avaient révélé des doses suspectes, et l'autopsie avait rapidement établi un lien avec les médicaments d'Emma. Un suicide dissimulé, entraînant son partenaire et son ado dans l'action.

En contrepartie, pour illustrer cette seconde chance qui se présente au gamin, il lui donnait la possibilité de le nommer « Fresno » (Chêne fort), un sobriquet qui a vu le jour lors de sa formation en ébénisterie en Italie, où il a choisi de fonder une famille dès son retour au Canada. Si le coma était une forme de sommeil dont on ne se réveille pas systématiquement, la situation serait plus facile maintenant qu'Ezio a ouvert les yeux à nouveau. Fresno aura peut-être l'opportunité de lui narrer sa propre interprétation des événements concernant Emma et sa grand-mère — des vérités triées sur le volet, naturellement. Pourvu que la mémoire

du jeune garçon ne se rétablisse pas d'elle-même ;
pourrie de souvenirs basés sur des mensonges.
Cela pourrait avoir un impact troublant sur leur
relation.

François éprouve une sensation de brûlure
sous ses paupières. Il se répète que dormir
demande un effort. Il se souvient de Simone qui
versait des larmes dans son sommeil, c'était
lamentable. Il tentait à son tour de trouver le
sommeil, se sentant coupable d'être éveillé à cause
d'un rêve aux premiers rayons du jour... De quels
songes Ezio doit-il maintenant se libérer ? Ses
réflexes oculaires sont perturbants, les spasmes de
ses mains sont terribles. Et la vue du sang... fait
grimper la bile dans sa gorge. Le rappel de cette
analyse génétique obtenue la veille le rend
perplexe. Il a demandé cette étude en présentant
son propre échantillon sanguin pour le mettre en
parallèle avec ceux d'Emma et d'Ezio qui sont
conservés à l'Institut médico-légal pour fin d'enquête. François Boissonneault souhaitait avoir une
confirmation scientifique de sa filiation avant de
solliciter la garde légale de l'enfant, dans le cas où
celui-ci choisirait de rester avec lui. Cependant, les
résultats étaient sans équivoque : aucun lien génétique n'a été trouvé.

Il est possible que la famille italienne n'ait pas été informée ni de l'accident ni même du nom du premier enfant de Simone Ruffo, qui se prénomme Emma et qui a mis au monde Ezio. Leur fille avait coupé tout lien avec sa famille. Si les autorités imposaient un test ADN à la famille Ruffo, pourrait-il perdre la garde d'Ezio ? Il était interloqué de n'y constater aucun lien de filiation biologique. Une contre-expertise s'imposait.

L'erreur est humaine !

3
DÉLIRE DE PUPILLES

Pourquoi ce tourbillon de pupilles avait-il tant perturbé le grand-père ? À qui s'adressait réellement cette malédiction : « Qui es-tu, petit diable » ? Dans son esprit, l'image d'Emma à douze ans émerge, aussi frêle et délicate qu'Ezio actuellement, cachée dans le caisson de l'horloge de parquet. Pourquoi était-elle là, terrorisée ?

Ce soir-là, François était à sa recherche, son agitation grandissait un peu plus après qu'il eut palpé l'endroit sur le lit où il était persuadé qu'elle s'était assoupie. Il surveillait son sommeil agité avant de céder lui-même au sommeil. Le lit ne proposait que des reliefs trompeurs : une couette camouflant des coussins et des peluches. Où était

Emma ? Il s'est dirigé vers la chambre principale, souhaitant vérifier si Simone avait pris leur fille dans ses bras, une supposition aussi improbable que de voir fleurir les branches aux bras d'un épouvantail. François prit la décision de prévenir sa Bobonne.

Avec un bonnet sur la tête, une veste boutonnée aux poignets et des culottes ajustées aux chevilles, l'ombre lavait sa tasse de tisane à l'évier de la cuisine, avant le rituel de prières qu'elle s'imposait chaque soir à onze heures devant l'horloge. La disparition de leur enfant força les parents à un changement de routine, les obligeant à se prêter à un jeu de cache-cache désagréable. Simone examina elle-même les chambres, scrutant sous les lits, dans le panier à linge sale toujours vide, la boîte de jouets ne renfermant qu'un puzzle et deux livres d'histoire illustrés. Sans pouvoir intervenir, François l'observait alors qu'elle explorait l'espace derrière la commode d'angle, la déplaçant sur ses patins en feutre comme si la poussière devenait sa principale préoccupation.

En passant devant l'horloge comtoise, silencieuse malgré les aiguilles immobilisées à onze heures comme un soldat en position d'attente,

baïonnette en main, ils s'observèrent mutuellement, perplexes. Pas de carillon ? Bobonne se signa
d'une croix, déjà en train de marmonner quelque
chose d'incompréhensible, une bénédiction ou les
débuts d'un exorcisme, impossible à déterminer.
Cela fait un bon bout de temps que les termes
courants de la vie quotidienne ne franchissent plus
le seuil du grenier de son esprit obstiné, et lorsqu'ils tentaient leur chance, c'était pour faire face
à la barrière infranchissable de ses lèvres closes.
Fresno s'angoissa : le moment sacré des dévotions
courait le risque de reléguer la disparition d'Emma
au second plan.

Puis un bruit subtil émanait de la partie infé-
rieure de l'horloge. Le bruissement d'une semelle
en mouvement, un souffle étouffé ? Le murmure
distant d'un souffle d'air forçant les fissures du
bois verni ? François se mit à genoux et ouvrit les
portes du placard situées dans le socle servant de
support et de rangement. Il déplorait toujours que
cette armoire de trois pieds de hauteur ne
contienne pas une étagère pour accueillir deux
niveaux de bonnes bouteilles. Toutefois, cela était
associé à son abstinence obligée vu l'interdiction
d'alcool à la maison, une autre aversion inexpli-

cable de Simone, malgré le fait qu'elle soit origi-
naire d'Italie.

Sans raison manifeste, François ressentit un
frisson le long de sa nuque lorsqu'il remarqua
Emma, courbée et tremblante, ses petits doigts
serrant fermement sa poupée de chiffon comme si
elle lui servait de rempart. Contre quoi ? Un coup
de froid soudain ? Non, c'est autre chose — une
présence pesante, presque tangible, qui paraissait
écraser le frêle corps de sa fille.

Emma s'était recroquevillée en position assise,
une frange sombre collée à son front humide. Des
gouttes de sueur perlaient au bout de son nez
pointu. Son regard fiévreux sautait sans cesse
entre un point égaré dans les hauteurs de l'horloge
et sa poupée guenille coincée entre ses jambes,
avant de repartir vers le haut, enfermé dans une
boucle obsessionnelle, activé par une force
mystérieuse.

Les supplications de la mère s'intensifièrent
jusqu'à se transformer en une série de gémisse-
ments. Déjà exaspéré, François lui prit le bras.
Mais la voix de Simone s'éleva dans un flot de
paroles tonitruantes à l'égard de l'enfant.

— Emma, ce n'est pas un jeu, ici. Il ne faut pas
s'enfermer là-dedans, c'est risqué. Imagine si nous

n'avions pas remarqué ton absence toute la nuit durant !

La fillette ne cessait de jeter des coups d'œil au mécanisme d'horlogerie, ses pupilles parcourant l'espace comme des billes désordonnées, tenant fermement son jouet usé en guise de bouclier imaginaire.

Emma regardait l'horloge avec une intensité qui allait au-delà d'une simple fascination. Ses lèvres bougeaient, articulant des mots que François n'arrivait ni à entendre ni à comprendre. Le balancier, resté sans mouvement, recommença à osciller, émettant un geignement, comme si les rouages rouillés se plaignaient de leur réveil imposé. Ce grincement métallique fit tressaillir Simone et François. Celui-ci consulta sa montre et constata qu'il était onze heures quinze. Perplexe, il fixa le cadran de l'horloge, les aiguilles marquaient toujours onze heures. Le dispositif défectueux produisit une succession de cliquetis irréguliers avant de se réfugier à nouveau dans le silence.

Simone avait recommencé à murmurer ses lamentations avec un zèle accru, ses doigts nouant son col à volants avec agitation. François se concentra sur Emma, dont le visage avait acquis une teinte cireuse. L'enfant leva progressivement une main vers le cadran de l'horloge, paume déployée, tel un aimant en quête d'attraction ou un mendiant en recherche d'une offrande. Finalement, elle laissa retomber sa main lourde et vide, désenchantée.

Emma cligna des yeux. Elle observa son père avec un regard vide, comme si elle percevait en lui la présence d'une autre personne, un être qui avait disparu depuis longtemps. Elle ouvrit et referma sa bouche à plusieurs reprises avant de réussir à pointer vers le haut et de murmurer dans un souffle :

— Grand-papa Ruffo... Il était là, dans l'horloge.

François eut la chair de poule. Emma n'avait jamais rencontré les parents de Simone, ni en personne ni en image, et elle savait encore moins d'où venait cette antiquité.

— Qu'est-ce que tu as vu ou entendu ? interrogea-t-il, bien qu'il se sente la gorge nouée.

Emma secoua la tête, ses cheveux sombres et humides fouettant l'air. Des larmes nouvelles coulèrent de ses yeux.

Simone s'était finalement approchée, son visage tordu. Elle attrapa Emma par les épaules et la secoua.

— Qu'est-ce que tu inventes ! Si c'est le démon qui...

François repoussa la mère, qui trébucha et rattrapa son équilibre au contact du mur. Il ne s'excusa pas, trop absorbé par la condition de sa fille qui sombrait dans une sorte d'état second, ses paupières battantes.

— L'école t'attend demain, continua le père. Il se peut que tu sois plus malade que je ne le pensais. Il faudra consulter un médecin.

Les yeux d'Emma retrouvèrent leur bondissement incontrôlable, laissant échapper de grandes larmes.

— Approche, dit le père en adoucissant son ton. Il est temps de se coucher. Sais-tu ce qui me fait peur, chez toi ?

Lorsque Emma prit la main qui lui était tendue pour sortir de cette cachette, elle secoua la tête et les pleurs éclaboussèrent tout autour d'elle.

— Il se pourrait que ce soit un signe d'épilepsie.

Emma perdit ses couleurs, retint son souffle en apercevant un petit carré noir et blanc, à la surface lustrée, qui était tombé sur le sol. Elle se courba pour ramasser la photographie. Sa mère se couvrait le visage en pleurant.

— Non ! Non, par pitié ! Pas la maladie du diable...

François afficha un air complètement déboussolé. Consulter un médecin était désormais incontournable, et c'était là l'essentiel : qu'on scrute enfin cette tête. Depuis le départ, Bobonne lui confiait toute la charge de l'enfant. Elle avait donné naissance, puis jeté la clé du département familial : pour lui, pour Emma. Inutile d'évoquer l'éventualité d'enfants à venir. Simone s'était déclarée inapte en tant que parent. Ses parents l'avaient tellement déçue, c'était la seule explication qu'il avait reçue. Elle était décidée à ne pas revivre son passé. Alors, elle se contentait de prier. Pourquoi, pour qui ? Sa vie n'était qu'une sentence ; chaque jour frôlait la fin du monde.

Leur fille unique serait bientôt à l'aube de la puberté. Dans cette étape où Emma commencerait à acquérir son indépendance morale et physique, François était conscient qu'il serait le seul à prendre les décisions.

4
INTERDIR N'EST
PAS GUÉRIR

Vers trois ans, quand Emma répéta les litanies religieuses serinées par Simone, François brûla la Bible et interdit à sa Bobonne de marmonner à nouveau, devant la fillette, ce qu'elle savait par cœur. C'était ça de gagné pour éviter de farcir la cervelle de la génération suivante avec ce succédané de réflexion.

Mais qu'avait-il gagné, au juste ? La ferveur des martyrs. Dans un silence assourdissant, Simone, pliée à s'étouffer, priait deux fois plus longtemps, au pied de l'horloge parquet, seul héritage de sa famille italienne. Un objet fétiche refusant de sonner à la « onzième heure ». L'heure de la mauvaise conscience selon la Bible. De sa gorge jaillissaient des syllabes dépareillées comme une glossolalie, entrecoupées de petits bruits de succion trahissant le désarroi de sa chair et de son âme. Elle se relevait au bout de trente minutes au « dong » de la demie.

Elle replaçait le châle enveloppant au sommet de sa tête, après avoir ajusté, à sa nuque, l'élastique de son bonnet de nuit en y dissimulant ses mèches rebelles. Elle tirait sur les poignets de sa jaquette et sur ceux de sa culotte longue, deux morceaux taillés dans la même cotonnade fade. Loin de l'ange, l'accoutrement évoquait plutôt une chrysalide qui renonce à percer ses membranes pour s'épanouir sous une autre forme.

En cheminant vers la chambre à coucher, elle dardait son regard dans les yeux de son conjoint, qu'il soit au salon ou déjà au lit à lire un roman. La menace silencieuse était connue : « Si ta fille vire mal, ce sera la marque de ton manque d'autorité morale. » Puis elle tirait l'édredon, un paravent inutile vu l'épaisseur de ses vêtements de nuit, et tombait endormie presque aussitôt, éreintée d'avoir craint le pire pendant 24 heures.

Et bien, pour donner raison à Simone, Emma avait mal viré. C'était la prophétie qui se réalisait d'elle-même. À peine ses quatorze ans arrivés, elle quitta la maison sans adieu, sans bagage, hormis un Pinocchio dans le tiroir. François en tremblait de rage : qui lui avait farci l'esprit qu'elle pouvait remplir une demande d'émancipation parentale ? Il parait qu'elle avait dénoncé des sévices de sa part et confié le climat pourri avec sa mère pertur-bée, par la faute du père, encore. Simone avait perdu pied et tout repère, sauf celui d'honorer l'heure de l'expiation. Sa sacro-sainte routine aurait rendu François fou à son tour, si elle n'eut été internée dans la même semaine.

Entre la fille et le père, les croyances étaient un abîme de secrets et de silences, muré d'une aver-sion commune pour les lubies de Simone. Mince consolation pour François, il pouvait présumer qu'Ezio s'en trouvait libre, parce que non conta-miné. Voilà qui présageait d'un meilleur départ dans la vie.

5

MURMURES D'AZUR

É coute ta mère, mon petit Ezio. Je ne sais plus pour combien de temps je pourrai communiquer avec toi. Depuis l'accident, tu es à la fois proche et impossible à rejoindre. Quelque chose dérange ton repos. Tu flottes entre deux mondes.

Du plus pur azur, quand nous étions suspendus entre la vie et la mort après avoir percuté l'arbre de plein front, un instant sacré nous a liés, brouillant passé et futur. Mon passé pourrait influencer ton avenir, notre « présent » partagé fut si bref.

Il ne faut pas faire de la fièvre. Voilà pourquoi j'étais stricte, vérifiant tes vêtements. L'enfant fiévreux devient très étourdi, il se passe des choses qu'il ne connait pas, dont il ne voudra pas se souvenir. Mais ça *va quand même pourrir une membrane dans son cerveau.*

Je vais te raconter ma fièvre, comme si tu étais là. Il parait que les chocs émotionnels laissent leur empreinte dans nos œufs de future maman. Les fardeaux trop lourds s'inscrivent dans nos cellules, passent de mère à enfant comme un code génétique invisible. La peur, c'est le début de la vigilance. Mais je veux que tu me comprennes bien, tu chercheras moins longtemps que moi ce qui te tourmente.

J'ai douze ans. Tout l'après-midi, j'ai grelotté sous la couverture du canapé, incapable de me réchauffer, les dents serrées jusqu'à me faire mal à la mâchoire. L'odeur du bouillon me donne la nausée, mais Maman insiste, les yeux voilés d'inquiétude et d'avertissement à la fois. Je cède, avalant quelques cuillerées brûlantes juste pour qu'elle cesse de me fixer ainsi. Le sel me racle la gorge, puis, un temps, la chaleur envahit mes membres. Mais très vite, les frissons reviennent, en fouettant tout mon corps.

Papa me raccompagne dans ma chambre. Il ne dit rien. D'un geste routinier, il s'étend sur la couverture derrière moi, puis glisse doucement contre mon dos pour me réchauffer. Je sens son bras m'envelopper, et j'abandonne la résistance : la fatigue éteint tout, les tremblements s'effacent dans un brouillard de sommeil.

Un « dong » profond me réveille, c'est l'horloge du salon. Papa est toujours là, endormi, sa respiration pesante me berce à travers le tissu. Il n'est plus au-dessus de la couverture : il s'est glissé dessous, toujours contre moi, son bras replié sous la nuque. Son coude pèse sur mon oreiller, au sommet de ma tête. Mais plus bas... une pression étrange contre mes fesses. Ce n'est pas son poing car son autre bras repose sur sa hanche, par-dessus le drap.

Des images étranges surgissent : petits jouets malicieux, gnomes sous le lit, créatures des cauchemars. Je supplie en silence pour qu'il se réveille, pour qu'il regarde sous la couverture et chasse ce mystère. Après tout, c'est lui l'adulte ! Mais quelque chose m'empêche de bouger, comme si sortir un seul mot risquait de tout faire basculer. Et si ce n'était qu'une crampe ? Ou bien... autre chose ? La peur m'envahit, sans nom, informe : mes paupières se ferment à m'en faire mal, mon front est moite. J'espère que le sommeil viendra emporter ce malaise.

Mon esprit s'emmêle : ce qui est trop insupportable, il le recouvre d'un voile épais, le repousse sous des couches invisibles ; des peaux d'oignon se superposant, chacune dissimulant et isolant la douleur. Mon psychiatre a dit, plus tard, que d'autres viendraient s'ajouter, chaque fois que la mémoire menacerait de percer. C'est ainsi, parait-il, qu'on survit. Les bains... Les doigts envahissants, partout, c'est impossible à raconter. Je ne peux pas.

Quand mon cœur galope, je sais qu'il m'avertit d'un péril. L'adrénaline fuse : un mot trop compliqué pour ce qui est, tout simplement, de la peur pure, brûlante, qui secoue mes jambes, pétrifie mon ventre, embrouille tout dans ma tête. Je pense à une héroïne de film — une idée folle. Doucement, presque sans respirer, je me glisse vers le bord du lit, cale un oreiller contre son ventre pour masquer ma fuite, entasse mes peluches entre les draps. Puis, tapie au pied du lit, je disparais de ma chambre, longeant le mur jusqu'à la porte.

L'horloge va sonner à nouveau, il finira par se réveiller, retourner auprès de Maman. Demain matin, tout sera effacé. Néant dans nos deux mémoires. Plus tard, j'irai rallumer la lumière, fouiller les draps, vérifier que tout est à sa place.

Je sais où aller me cacher pour écouter chaque tintement de l'heure d'après... Et je sais que Maman passera par là avant de se coucher.

6

VOLEUR DE SOMMEIL

Le retour d'Ezio serait-il enfin le signal qui offrait à François le retour béni d'un sommeil profond ? Depuis des années, le vieux hibou, cloitré comme un ermite dans sa maison silencieuse, menait un combat sans relâche contre ses nuits blanches. On n'ordonne pas le repos comme on le voudrait, mais il souhaite accueillir le congé d'hôpital de son petit-fils dans un état de fraîcheur retrouvée. Demain, il saura si ce sursaut de vie, présage d'un organisme qui renoue avec l'ordre naturel, s'est vraiment produit.

L'alcool, compagne de ses veillées solitaires, est désormais relégué au passé. François a tourné le dos à cette habitude ravageuse sans même lui adresser un adieu. Jadis, il choisissait un film au hasard le soir, indifférent aux critiques ou au genre, puis s'installait devant l'écran, l'esprit ailleurs. Plus de reproches muets, personne pour scruter le moindre geste : sa Bobonne n'était plus là pour lui envoyer ce regard accablant qui freinait ses élans. La bouteille trônait, un peu à l'écart, silencieuse. Autrefois, quarante minutes suffisaient à le précipiter dans une léthargie douce ; il s'endormait, échappant à la fin du film, la rêvant à sa façon.

Cette insomnie, ce dérèglement tenace, a pris racine à la naissance du petit Ezio. Sa vigilance est devenue obsessionnelle.

Et si Emma l'appelait, inquiète pour une colique, une toux chronique, ou pire, quelque infection fatale ?

Elle avait accouché d'Ezio si jeune.

Pour François, Ezio est désormais son unique ancrage, le cœur battant de sa quête de bonheur dans une solitude grandissante.

Bobonne vit en institution depuis que la nouvelle de la grossesse hors mariage d'Emma l'a brisée : une crise profonde, psychique autant que spirituelle, l'a laissée exsangue et hébétée. Les prières se sont envolées, il ne reste plus que la cendre de ses espérances.

Jamais François n'a connu la joie d'avoir un fils ; Ezio représente pour lui la promesse d'un avenir rajeuni, d'un garçon plein d'élan, capable d'exprimer toute la palette de ses émotions naïves et de ses inventions spontanées.

Pourtant, depuis la grossesse d'Emma, il a été tenu à distance. Elle lui a imposé des frontières invisibles. Durant l'enfance du petit, il n'a eu droit qu'à de brèves visites dominicales ou lors des anniversaires d'Ezio. Ces rencontres, souvent glacées, ne délivraient rien d'intime, car Emma restait emmurée dans son silence, refusant confidences et récits. Sa force paradoxale semblait consister à chérir sa douleur plutôt qu'à la laisser s'atténuer. De sa mère, elle n'a hérité que de cette maxime vide de Saint-Augustin, inscrite en italien au dos d'une image pieuse rapportée de la paroisse Saint-Augustin à Gênes. Simone l'avait traduite pour elle : « Quand on aime, ou bien on n'a point de peine, ou bien on aime jusqu'à aimer sa peine. » Mais François ne peut s'empêcher de grimacer : à quoi bon tourner et retourner cette phrase sinon pour se condamner à perdre la raison ?

Cette nuit, le film tire à sa fin. Il redoute encore la onzième heure. Allez savoir pourquoi, l'horloge de la famille de Simone, certifiée « un bijou unique », refuse de sonner les onze coups depuis qu'Emma s'y est réfugiée. À l'époque, il avait bien replacé les cordes, vérifié les poids. Le train de rouages du mouvement garantissait que l'heure était fiable, mais le mécanisme de la sonnerie reproduisait sa danse, avec ce même faux pas, deux fois par jour. François agonise dans le silence de son lit, pendule à ventricules en chamade, jusqu'au tintement de la demie.

Et à minuit, quand la caresse de l'inconscience viendra l'envelopper, fidèle au rendez-vous, le son du carillon viendra le tourmenter. Le vieil homme pleurera, ragera, puis se calmera, mais l'apaisement sera de courte durée.

Le lendemain, à onze heures, le cycle reprendra. L'horloge progressera en silence vers midi, laissant échapper, trente minutes plus tard, un unique « dong » comme un aveu murmuré. Dans sa vie sans lumière ni chaleur, l'horloge était devenue sa seule compagne de misère. Percer ses mystères reviendrait à se comprendre lui-même, croyait-il bêtement.

7

QUE DEVENONS-NOUS ?

Tout de suite après son petit déjeuner, le grand-père vient saluer Ezio à l'hôpital. Il est soulagé de le trouver les paupières closes, mais frémissantes en raison de la rumba des pupilles, sans doute désaccordées par une quelconque rêverie troublée.

De plus, il est obnubilé par ce formulaire administratif pour l'adoption qu'on doit lui préparer. Pourra-t-il emmener Ezio à la maison si toutes les preuves de parentalité ne sont pas réunies ? S'il veut faire reprendre le test de filiation à zéro, il doit obtenir l'échantillon sanguin de Simone, ce qui l'irrite au-dessus de tout. Si celle-ci refuse ou n'est pas lucide, comment ce prélève-ment sera-t-il possible ? Il se reproche aussitôt de ne pas l'avoir visitée assez souvent pour deviner son état cognitif. Quoi qu'il en soit, elle ne sait pas qui est Ezio, à quoi il ressemble. Elle ignore qu'Emma est morte et quand, comment et pourquoi son petit-fils qu'elle n'a pas connu s'est éclipsé le temps d'un long coma... Quel étourdissement. Qui pourra l'aider à surmonter cette nouvelle contrainte ?

L'installation d'Ezio chez lui est prévue pour demain, ce qui provoque chez François un mélange d'excitation et d'inquiétude. Le gamin est-il prêt à reprendre une vie normale dans un environnement inconnu ? Il s'approche de son corps frêle, presque inerte. En remontant le drap jusqu'au menton, François ne peut s'empêcher de penser à un linceul, luttant contre l'envie de recouvrir entièrement cet étrange visage.

Puis il parle à la chambre silencieuse, désespéré de savoir si son petit-fils recouvrera un jour la parole.

— Oiseau, sais-tu où tu te trouves ?

L'infirmier Claude poursuit ses tâches tout en babillant.

— N'oubliez pas de passer au poste de garde avant de partir. On vous remettra tout un programme pour le petit. Préparez-vous à faire la

navette entre chez vous, l'hôpital et une ribam-
belle de spécialistes.

— Là, maintenant : il dort ou il nous entend ?

— Franchement, je ne saurais dire. La narcolepsie, c'est comme ça. Ça peut durer des
semaines, des mois même. Il va falloir vous armer
de patience.

— Et pour parler ? Il retrouvera sa voix ?

— Qu'est-ce qui vous tracasse le plus ?

— J'me dis qu'il devrait voir un psy, non ? Pour
faire le tri entre ce qui est réel, ses hallucinations
pendant le coma, ses vrais souvenirs...

— Son état cognitif reste une énigme
complète. Perceptions, langage, mémoire immé-
diate... Le docteur Bachaud vous dirait que chaque
récupération est unique. Le gamin, avait-il déjà
consulté quelqu'un, auparavant ? Ça pourrait
l'aider à se sentir plus en confiance.

— Les problèmes mentaux, j'en ai vu défiler
dans la famille, de mère en fille... Est-ce que ça
prédispose aussi le garçon ?

— J'en sais rien. De votre côté, avez-vous déjà
consulté ?

— Je considère être le seul équilibré du lot,
pour ce que ça vaut... Enfin bon, quoi qu'il en soit,
je veux être là pour lui quand il sera prêt. S'il a

besoin d'un suivi psychologique, je ne m'objecterai pas.

La blouse blanche interrompt ses gestes, le regard soudain grave pour avertir François du parcours chaotique qui l'attend avec Ezio.

— Le gamin a treize ans, même si la dernière année, quasiment passée au complet dans le coma, lui a filé entre les doigts. D'ici à ce qu'il se remette à causer, il aura peut-être ses quatorze ans. À cet âge, légalement, il pourra refuser les soins ou vous tenir à distance, s'il le veut.

— Vous insinuez quoi, exactement... qu'il ne se souviendra plus qui je suis dans sa famille et qu'il refusera de me faire confiance ?

François se retrouve attiré dans le couloir d'un simple geste discret, hors de portée des oreilles du patient.

— Écoutez-moi bien. Vous devrez faire une croix sur le gamin d'avant. Vos espoirs, là, ils sont lourds pour lui et votre douleur lui est étrangère. Votre angoisse, ça, il la captera en direct. Le Dr Bachaud vous expliquera ça mieux que moi, demain matin.

L'infirmier, mimant des guillemets avec ses doigts, prend une voix pompeuse pour singer le médecin.

— « Apprenez à le découvrir au jour le jour. Votre histoire avec votre petit-fils est une page blanche. À quoi bon ressasser le passé ? S'il en garde encore quelques bribes, ce que vous avez construit dans votre tête n'est pas forcément ce qu'il a vécu. »

Les épaules de François s'affaissent sous le poids de ces paroles. Il retourne vers le lit.

— Ton Fresno est là, mon oiseau. J'ai tout le temps qu'il faut pour toi maintenant. Tu n'as plus que moi sur cette Terre.

8

JE SUIS TON AVENIR

L e lendemain, de retour à l'institut, François observe Claude terminer la toilette matinale de son jeune patient. Un autre infirmier pénètre dans la chambre, poussant un fauteuil roulant avec appui-tête. Ensemble, ils extraient du lit le maigre convalescent et l'installent dans sa chaise, apposant les sangles de sécurité avec une efficacité teintée de délicatesse, comme s'ils remisaient un mannequin fragile en attendant un prochain tour de magie. La chemise d'hôpital ballotte autour du corps décharné de l'adolescent. Les guiboles sans mollets et les pauvres tiges qui pendent de ses épaules ressemblent aux bâtons qui sortent des manches d'un épouvantail. Il fait pitié à voir.

Claude lui explique ensuite le contenu du kit des liquides protéinés prévus pour les premiers jours et range le sachet isolant sous le siège. François a plié et glissé dans sa poche la liste des purées à intégrer progressivement à cette alimentation de bébé, tout en surveillant que la déglutition soit stimulée et constante, tout comme il est attendu de cette fonction. Il doit réviser la manœuvre de Heimlich, en cas d'obstruction.

Claude tapote l'épaule du grand-père.

— Quelqu'un de notre équipe vous visitera demain soir, pour évaluer la situation. À la maison, face à lui, faites-le marcher en lui tenant les poignets et en le tirant vers vous. Commencer par les trajets indispensables : aller aux toilettes, se rendre à la table et retourner au lit.

Le grand-père chasse son malaise en portant sa main sur celle de son petit-fils déplumé, afin de s'assurer qu'elle est tiède, indiquant que le sang daigne circuler jusqu'au bout des extrémités, sans rouspéter. Il garde malgré tout contenance ; il se sait observé.

— J'ai hâte qu'il vienne s'installer chez moi. Je ferai même la conversation pour deux, histoire de l'entraîner. Je veillerai sur lui jour et nuit.

Il attend que la cohorte quitte la chambre, puis il chuchote.

— Ta grand-mère et ta mère, comment dire... n'étaient pas des personnes armées pour vivre. Des incantations pour l'une, de la surmédication pour l'autre, chacune ayant trouvé sa fuite. Moi, je choisis la suite : tu seras mon salut, je serai ton avenir.

Il imagine la réponse enthousiaste du garçon, en le faisant parler dans sa tête. Du coup, il éprouve un sentiment de tristesse et espère ne pas devoir jouer trop longtemps au ventriloque face à son petit pantin neurasthénique. Depuis que Simone s'est retrouvée cloîtrée et qu'Emma s'est livrée à la mort, il en a marre de parler tout seul pour déjouer la folie. Il lui faut la compagnie d'Ezio pour se sentir vivant et utile.

Il roule le fauteuil jusqu'à l'ascenseur. Il sait qu'en bas, à la porte menant au stationnement, un aide-soignant viendra l'aider à manipuler le patient et à ranger le fauteuil roulant dans son coffre d'auto. François réalise qu'il s'est enrôlé dans une galère. Une fois le duo dans la cage, il actionne le bouton SORTIE avec une fébrilité qui oscille entre la joie et le désarroi ; il a bien remarqué les autres vivants qui ont préféré attendre un prochain départ d'ascenseur pour éviter de côtoyer ce drôle de moineau sanglé.

Avec le mouvement de descente, les membres du garçon commencent à trépider — et ce n'est pas un tremblement de froid. C'est autre chose. Les doigts squelettiques d'Ezio se crispent sur les accoudoirs, puis se détendent, se contractent à nouveau selon un rythme étrange, comme s'ils tentaient de saisir quelque chose d'invisible dans ce parcours à la verticale.

François détecte d'abord l'odeur d'ammoniaque. Le pantalon de pyjama d'Ezio s'assombrit à l'entrejambe. Le liquide coule le long de ses jambes décharnées, formant une flaque sur le sol, sous la chaise. Le garçon ne semble pas s'en apercevoir. François évite de le réprimander.

— Ezio ?

François s'agenouille devant la chaise, cherchant un signe de reconnaissance dans ces yeux bruns qui autrefois pétillaient de curiosité. Mais le regard d'Ezio glisse sur lui sans s'arrêter, il regarde à travers François plutôt que vers lui, comme si son grand-père n'était qu'une vitre sale. Sa bouche s'ouvre et se ferme, animée de gestes répétitifs, mécaniques, comme un poisson tiré hors de l'eau.

Un filet de salive s'échappe à une commissure.

François sort un mouchoir de sa poche pour éponger Ezio, mais celui-ci recule brusquement la tête — le premier mouvement volontaire depuis son réveil. Ses mains s'agitent, la réaction défensive d'une proie terrassée par son prédateur. Le gémissement sourd qui monte de sa gorge rappelle le son d'un animal blessé.

François essuie la flaque d'urine au sol du mieux qu'il peut et range le mouchoir imbibé dans sa poche en exhibant une moue de dégoût. Une expression qu'il aurait aimé mieux contrôler. La porte de l'ascenseur s'ouvre enfin. François en sort rapidement, convaincu d'une chose : le garçon aura besoin de couches-culottes. Pour le reste, son esprit s'emballe, il réalise que le parcours sera long et pénible. Il prend une longue inspiration pour chasser le mauvais présage. En apercevant le préposé aux bénéficiaires qui se présente à lui, François ordonne à ses jambes de ne pas flancher.

À la voiture, ses mains tremblent sur la clé électronique. Les bips-bips du déverrouillage automatique font tressaillir Ezio. A-t-il gardé une appréhension face à l'automobile. Peut-être craint-il d'être à nouveau allongé, attaché, perfusé. François puise en lui une pointe de compassion. Pour son petit-fils, cette voiture n'est probablement rien d'autre que le cercueil où il a failli rester pendant ces quarante semaines de valse-hésitation entre la vie et la mort.

L'aide-soignant ajuste le siège pour le confort du patient alors que ses membres pendent, inertes, désarticulés. François retient un rire nerveux qui monte en lui. Comment installer un corps qui a oublié comment se tenir ? Quand le préposé tente de soulever le garçon pour le replacer, il se raidit d'un coup, transformé en planche rigide. Ces épisodes chaotiques... C'est comme s'il rejetait un souvenir devenu trop lourd ; son cerveau luttant avec quelque chose qu'il ne peut pas digérer.

François ferme les yeux. Il comprend ce qu'on ne dit pas : parfois, l'esprit préfère se fracasser plutôt que se souvenir. Certaines vérités sont insupportables, surtout pour un gamin de treize ans.

Une odeur nauséabonde tire François de ses pensées. Elle s'ajoute à celle de l'urine. Il réalise qu'Ezio s'est complètement souillé. La banquette tachée raconte l'histoire d'un corps dont les fonctions élémentaires sont en déroute. Qu'est-ce qui lui arrive ? A-t-il perdu tout contrôle de ses sphincters ? En a-t-il seulement conscience ou son esprit s'est enfui trop loin ?

— Voulez-vous que je nettoie le dégât ? demande le préposé.

— Pas nécessaire, le mal est fait, répond François, la voix brisée. Je m'en occuperai à la maison.

Le gamin traverse une mauvaise passe. Il faudra s'armer de patience. Qui a dit que survivre était une récréation ?

9
DO DO L'ENFANT DO

Mon cher Ezio, c'est étrange, mais je parviens à te rejoindre dans ton sommeil, depuis que tu as émergé du coma. Ils t'ont amené près de cette vieille horloge, celle qui s'obstine à ne pas sonner la onzième heure. Cette nuit, laisse-toi glisser dans le sommeil, j'ai encore des avertissements à te confier. Ma peur doit servir à quelque chose, comme la détestation du bain et la proximité du parent qui s'endort à tes côtés. Je te transmets d'autres leçons de mon passé.

Premier défi pour toi ! Retrouve Béa, ma poupée protectrice. Elle est restée dans mon placard. Je n'ai pas eu le courage de l'emporter quand j'ai refait ma vie, en franchissant simplement la porte de ma chambre, puis celle de la maison.

La sécurité, c'est le refrain préféré des prédateurs : ils t'enchaînent tout en te faisant croire que le danger vient d'ailleurs. Pour évoluer, il faut savoir jeter du lest : je suis partie sans bagage, moins de souvenirs, moins de déclencheurs pour raviver les plaies. Mais je n'oublie rien. Personne de sensé ne pardonne l'impardonnable. Passer l'éponge, c'est bon pour le concierge. Mon cerveau a fabriqué un voile supplémentaire, plus dense. N'oublie pas ça. Ton corps sait créer ses propres défenses pour survivre au quotidien. Si tu as besoin d'aide, l'hypnose te fera naviguer dans ces replis et libérer le sens des distorsions qui t'emprisonnent. J'y suis parvenue. Garde cette option en tête, on ne sait jamais.

Tu es venu au monde. Je n'allais pas renier le miracle : mon corps chétif avait enfanté. Ma mère m'avait tellement lessivé l'esprit avec ses histoires de corps-temple. Elle ne parlait qu'en paraboles ; son fameux temple, à mon avis, s'était transformé en garage aux taches d'huile crasseuses. Ces sermons me reviennent, que ça me plaise ou non. J'ai saisi que les appétits inassouvis n'hésitent pas à profaner le sacré pour rendre la profanation sacrée. Il suffit d'une première petite victime pas trop stressante. Ça démarre votre mauvaise conscience à trouver le récurrent pour blanchir l'abject et le déguiser en une parodie d'amour.

« *Emma, aime-moi, aime-moi...* ». *Je n'avais aucun souvenir de ça, jusqu'à ce que mon thérapeute ne me le rapporte à la fin d'une séance d'hypnose. Il m'a dit que cette voix d'homme, c'était celle de mon père qui m'ensorcelait avec cette phrase soi-disant remplie de tendresse.*

La mauvaise conscience, écoute-moi bien, c'est la onzième heure. Ça vient de la Bible, ma mère me l'a enseigné. Au moins, ça m'a donné un moyen d'empoisonner l'esprit de mon persécuteur. Utilise mon astuce si nécessaire. Je l'ai conditionné à redouter ce moment précis du jour et de la nuit. La privation de sommeil est une torture subtile — tolérée, sous-estimée, mais terriblement efficace, même camouflée sous de la médication.

Voici comment tu pourrais le terroriser... encore plus.

10

ENTRE LARMES ET COLÈRE

La journée est bien avancée ; trois coups de sonnette amènent François Boisson-neault à ouvrir la porte de sa demeure. C'est l'heure du premier rendez-vous avec le psychiatre d'Ezio, accompagné de son assistant.

Il sait bien que ses aisselles empestent les relents aigres de la nervosité lorsqu'il offre sa poignée de main au Dr Bachaud et à l'infirmier Claude.

— Entrez, entrez... Je viens tout juste de convaincre Ezio de se laver et de se coiffer pour vous accueillir. Disons que j'ai fait couler l'eau du bain et qu'à ce simple son, il est devenu nerveux. Il a accepté mon aide pour retirer son polo et son pantalon, puis il s'est effondré sur le siège de la cuvette, en couche-culotte. J'ai pensé qu'il n'était pas encore très solide sur ses jambes, mais il y a peut-être autre chose.

L'aide-soignant dit, d'un air affable :

— Est-ce que Ezio a accepté votre assistance, pour se déplacer à petits pas ?

— Oui, oui, confirme le grand-père sans nommer son dégoût au contact de ces griffes avant de poursuivre. C'est au moment d'enjamber le rebord du bain que tout s'est compliqué. J'ai pensé qu'il avait peur de s'asseoir dans l'eau, peut-être de glisser sur ses fesses, disons assez amaigries... Bon, je devrai installer un banc aux pattes antidéra-pantes, par précaution. En somme, il est resté assis sur la cuvette et m'a montré le pommeau de douche.

L'aide-soignant et le Dr Bachaud se regardent, sans commenter. Le grand-père enchaîne son récit : il a vidé la baignoire et ajusté l'eau du pommeau de douche à la bonne température.

— Il s'est calmé et s'est redressé. J'ai souri en hochant la tête pour montrer que je savais qu'il se débrouillerait. C'est bête, mais comme il ne parle pas encore, j'en reviens à ces signes, comme si lui poser des questions risquait de le brusquer. Bref, j'ai écarté le rideau de vinyle et tendu le bras pour qu'il retire son caleçon et entre dans la baignoire. Euh...

Il déglutit, incapable de tout raconter.

Ezio s'était mis à haleter. Ses mains lâchèrent sa robe de chambre pour griffer l'air devant lui, repoussant une menace invisible. François reconnut cette réaction, identique à celle d'Emma, quand il tentait de lui retirer sa culotte mouillée. Ces accidents nocturnes l'accablèrent jusqu'à l'âge de douze ans, alors qu'elle était censée être propre au lit depuis longtemps. La même panique animale hantait le garçon.

François déglutit pour humidifier sa gorge, envahie d'une sensation de chaleur désagréable, celle de la vulnérabilité.

— Impossible de le toucher, il s'est rassis sur la lunette de la cuvette. J'ai reculé de trois pas pour lui laisser de l'espace. Je l'ai vu se relever et enjamber le rebord du bain avec sa couche-culotte et tirer le rideau. Je suis sorti. Évidemment, on est encore comme deux inconnus sous le même toit, mais avec le temps...

Sa voix s'éteint tandis qu'il tend l'oreille ; les trois hommes captent l'eau qui s'égoutte, puis le silence.

— Je ferais mieux d'aller vérifier. Installez-vous à votre aise en attendant.

Il pénètre dans la salle de bain et referme la porte. On entend un brouhaha de voix, un jet d'eau et les anneaux du rideau de douche qui tintinnabulent sous l'effet d'une bourrasque.

François réapparait dans un battement de porte, tout éclaboussé. Il parle dans son dos : « Calme-toi, je te laisse seul, prends ton temps. » Il referme derrière lui, décontenancé. De l'eau mouille ses yeux. À moins que ce soit des larmes de déception ? Il fait quelques pas et s'adresse à l'infirmier.

— Désolé, Claude ! Allez-y, vous allez peut-être avoir plus de chance que moi. Ezio se cache, je crois qu'il ne veut pas que je le voie nu ni que je l'aide à se sécher ou à s'habiller.

Pendant que l'infirmier se faufile à la salle de bains, le grand-père passe sa large main sur son front en toisant le psychiatre.

— À l'hôpital, ça se passait comment, la toilette de mon petit-fils ?

Le Dr Bachaud toussote, ouvre un porte-document et consulte ses notes. Il relève les yeux, l'air caduc.

— Il a fait une crise de panique lors du bain.

L'équipe avait installé le jeune homme dans un soulève-personne pour le descendre dans la baignoire en attendant que ses jambes soient assez fiables. Il semblait terrorisé, mais s'est tout de même laissé immerger jusqu'au menton en retenant son souffle. Quand l'un des aides-soignants a tenté de retirer son caleçon, il est entré en convulsion. Ses yeux se sont mis à tournoyer... Ezio fut immédiatement sorti du bain.

— Et ensuite ? demande François en pressant ses tempes, comme si cela renforçait sa concentration.

— Changement d'approche : on a remplacé l'infirmière par un homme. Il a essayé les lingettes humides, pour la figure, les aisselles jusqu'aux mains, mais dès qu'on approchait de son torse ou... de ses parties intimes, ses gestes désordonnés reprenaient de plus belle.

François ferme les yeux un instant. L'image de son petit-fils, vulnérable et apeuré, lui transperce le cœur comme une aiguille chauffée à blanc.

Le Dr Bachaud relève enfin les yeux de ses notes.

— Hum, l'équipe a dû procéder à une toilette sous sédatif léger. Même sous médication, il gémissait, ses muscles tendus comme des cordes de piano.

La bouche de l'aïeul frémit et sa voix devient cassante...

— J'aurais dû en être informé, non ? Que lui avez-vous fait pour qu'il soit aussi agité au contact de l'eau ?

— On pensait que vous auriez la réponse à cette question. Pourquoi un adolescent ne comprend-il pas qu'il faut se dénuder pour se laver ?

François fixe le sol. Son visage a viré au gris.

— C'est pas possible. L'histoire se répète. Ma femme Simone ne s'est jamais lavée sans sa jaquette. Elle ne l'enlevait jamais en ma présence. Elle attendait que je ne sois pas dans la même pièce qu'elle pour se changer. Je ne l'ai jamais vue nue, pas une seule fois. Et Emma, quand je lui donnais le bain, devait garder sa petite culotte, c'était non négociable. Je découvre, quinze ans plus tard, qu'Emma aurait transmis une pudeur maladive à son propre fils ? Bon sang, les temps changent. On n'est plus à une époque de grande pruderie. Il faut... il faut évoluer, quoi !!

Les deux hommes se figent en voyant Claude qui recule, tenant Ezio par ses poignets osseux. Le garçon est presque comique dans sa robe de bain trop grande, un turban de ratine posé de travers sur sa tête. Cette étrange valse à reculons s'achève au salon où l'attendent un lit et un fauteuil berçant. Ezio s'affaisse dans le fauteuil et bascule vers l'arrière. Ses doigts effilés s'agrippent aux pans de sa robe pour éviter qu'ils ne se soulèvent, vérifiant nerveusement que la ceinture est bien nouée. Claude pendant ce temps dispose de ses vêtements sur le dossier d'une chaise.

Le grand-père renifle discrètement et essuie ses yeux humides. Son visage blafard se tourne vers le psychiatre tandis qu'il indique la cuisine d'un geste de la tête.

— Si vous pouvez m'accorder quelques minutes... Je ne délire pas, mais cette maison porte un passé lourd. J'ai cru, naïvement, que le petit serait épargné par ces bondieuseries qui ont empoisonné nos vies.

Le Dr Bachaud extirpe une carte d'affaires de sa poche et la lui remet.

— Un collègue à moi. Vous comprenez bien que je ne peux pas vous suivre tous les deux en même temps, Ezio et vous.

La voix du docteur lui parvient comme à travers un brouillard, tandis qu'il déplore son regard scrutateur. François s'étonne qu'on lui prescrive déjà un psy. La carte le prouve, la manœuvre était préparée. Il fourre la carte dans sa poche.

Accueillir un rescapé n'est pas une maladie !, manque-t-il de s'écrier. Il leur montrera que l'amour d'un grand-père permettra de reconstruire son petit-fils, profitant de cette amnésie qui effaçait peut-être l'insécurité qu'Emma avait elle-même connue depuis sa naissance, celle-là même qui l'avait poussée à tenter de tuer son premier enfant. Une tentative de mise à mort ratée, mais préméditée.

Un geste fatal que nulle prière ne pourra jamais effacer.

11

PRENDRE SOIN
DE SOI D'ABORD

La séance s'est terminée sur une note positive. Ezio a retrouvé son calme et affiche presque un air serein en se berçant dans sa chaise. Avant de partir, le médecin lui remet le formulaire d'État — pour officialiser la procédure d'adoption. Une candidature de tuteur légal qu'il finalisera après les résultats de l'analyse génétique. Il attrape le document machinalement. Pour l'instant, il n'a qu'une idée en tête : récupérer sa tranquillité en expédiant ces deux-là vers des patients qui en auraient davantage besoin que lui et Ezio.

Dès qu'il se retrouve seul, son cœur tambourine et sa respiration trahit la débâcle de cette fausse assurance qu'il s'est construite. Sa main reste crispée sur la poignée, comme prêt à prendre la fuite. Bachaud a peut-être raison, il pourrait sans doute bénéficier de l'aide d'une personne neutre comme ce fut le cas dans le passé. Une évidence le frappe : quelle erreur d'avoir arrêté ses consultations avec Luc Drapeau après l'internement de Simone ! Si ce psychologue exerce encore, il jure de le retrouver, en priant qu'il se souvienne de lui. Rien que de s'imaginer tout raconter à nouveau à une autre personne l'indispose au plus haut point. Autant demander soi-même son internement.

Ezio n'a pas dit un mot depuis qu'il est là. Pas un seul. Les médecins évoquaient : narcolepsie, trauma, mutisme sélectif, mais François soupçonne autre chose. Ce regard que lui lance l'enfant, comme s'il le transperçait, comme s'il détenait des secrets interdits.

Ezio râle.

François bondit du vestibule jusqu'à lui. Le corps du garçon s'est affaissé, ses mains pendouillent, frôlant presque le sol. Ses cheveux charbonneux en bataille ont eu raison du turban qui repose maintenant, tel un nid défait, sur ses genoux. Menton contre poitrine, il semble commencer à ronfler. Son nez disgracieux dépasse sous la mèche noire qui pend à son front. Et s'il s'étouffait ? Avec cette pomme d'Adam saillante et ces réflexes de déglutition encore engourdis ? Que faire dans cette situation ?

Il se précipite de nouveau vers l'entrée, espérant apercevoir l'infirmier pour lui poser quelques questions supplémentaires... En vain. Le voilà seul : le prétendu maître des lieux se sent déjà complètement dépassé.

Il replonge dans son cafard. Quelle folie d'avoir accepté ! Les enfants, c'est déjà un mystère pour lui. Mais celui-là, avec son corps dégingandé, inerte, sauf ces doigts qui battent l'air comme pour chasser des fantômes invisibles... Emma ne l'avait jamais prévenu que son fils était... différent. Peut-être était-ce à la source de son désir de l'expulser vers le néant ? Ou peut-être que l'accident l'avait transformé et rendu ainsi. Il ne l'avait rencontré qu'à quelques reprises, mais n'avait pas eu l'impression qu'il était si différent des autres enfants de son âge.

Doit-il le secouer, pour éviter qu'il ne sombre dans une aliénation profonde ? Mieux vaudrait synchroniser leurs cycles de sommeil, ne serait-ce que pour préserver sa propre santé mentale. Et puis quoi encore ? Un verre de lait chaud, un biscuit, une histoire avant de dormir ? Un rire étrangle sa gorge. Trois pas rapides et le voilà près du garçon. Sa main effleure l'épaule d'Ezio, qui tressaille au point que François sent un frisson lui parcourir l'échine.

Leurs regards se croisent enfin. François se présente comme à un inconnu :

— C'est Fresno, tu veux dormir, maintenant ?

Ezio se redresse avec précaution, s'appuyant sur l'accoudoir pour pivoter dans son lit. Le grand-père marmonne qu'il peut l'appeler à n'importe quelle heure. Le regard d'Ezio reste impénétrable.

Quelle étrange situation de l'installer dans cette maison qu'il n'a jamais connue enfant ; il se sent aussi perdu que lui. Quel drôle de tandem ! songe-t-il.

En murmurant un souhait de « bonne nuit » maladroit, il résiste à l'envie de lisser cette tignasse, coiffée à la diable, comme si les doigts fourchus étaient passés dedans pour la hérisser. Il doit le reconnaitre, cette tête le répugne, comme si elle avait traversé l'enfer.

12

PETIT PINOCCHIO ET LES QUESTIONS DE LA VIE

Cher Ezio, mon petit. Tu avais si hâte de devenir un vrai garçon pour grimper, tomber, t'écorcher, mentir, rebondir, brandir les poings... Moi, j'avais si peur de tes questions, au contact des amis et de l'école : qui est mon père, mon grand-père et ma grand-mère ? Et quoi inventer sur l'autre branche de l'arbre généalogique, vide de ces oiseaux qui ne se sont jamais posés ? Les vraies blessures de la vie ne viennent pas des chutes au parc, celles-là ne sont que des notes discordantes dans la symphonie folle qu'on appelle l'enfance.

Je t'ai créé seule, mon petit Pinocchio. Je t'ai protégé. J'ai anticipé chaque danger, écarté chaque souffrance de ton chemin. Les autres enfants t'auraient exposé à leur cruauté ; l'agressivité s'apprend par mimétisme, après tout. Ils t'auraient entraîné vers des erreurs qui auraient taché ton âme. L'école à la maison était ma solution contre ce monde dangereux. La manipulation, c'est la porte d'entrée de l'enfer. Parfois, il ressemble à une confiserie où tout est gratuit, jusqu'à ce qu'apparaisse une première condition à honorer. Puis une seconde s'y colle pour former une boule qui grossit, devient un fardeau invisible. Tu espères de l'aide, mais personne ne voit cette bosse qui courbe ton dos. Tu ne trouves pas les mots, car finalement, c'est toi qu'on blâme pour ta gourmandise dans cette maudite boutique de sucreries. La manipulation, c'est le début de l'enfermement, avec son lot de chantage et de secrets.

J'ai voulu t'épargner toutes ces épreuves, à commencer par la désespérance de ta grand-mère Simone. C'était simple : là où vit ma mère dérangée, la visite des enfants est interdite. En thérapie, on me conseillait de limiter nos contacts. C'était facile de l'éviter ; je la haïssais déjà, cette lâche. J'ai aussi filtré tes relations avec ton grand-père, qui est resté un inconnu pour toi. Moi, je l'avais déjà effacé de ma vie, première étape de ma guérison.

À ta puberté, sans poussée de croissance, j'ai inten-sifié ma garde. Plus tu dépérissais sous mes yeux, plus ma tristesse s'amplifiait. Impossible de faire marche *arrière après tant de décisions. J'ai fini par envisager l'ultime protection : éteindre mon petit Pinocchio avant qu'il n'affronte ce monde affreux, peuplé de monstres qu'il n'aurait jamais su combattre.*

La mort, nous l'avons défiée ensemble, dans cette voiture. Tu as survécu, suspendu entre deux mondes. Le coma, peut-être, a maintenu notre lien intact. Ce qui m'attriste, c'est que ton état de rescapé m'oblige à te révéler les vérités cachées pour que tu comprennes ta réalité. Le reste de ton temps t'appartient.

Dans ma chambre, tu chercheras la boîte de puzzles au fond du placard. J'y ai dissimulé deux contes que Simone m'interdisait : Peau d'âne et Pinocchio. Les pères y sont des prédateurs. Dans le premier, un roi pare sa fille de robes somptueuses pour la faire parader devant sa cour. Tous admirent sa générosité, ignorant qu'il la traite comme l'objet de ses envies. Elle s'échappera sous une peau d'âne puante. Dans Pinocchio, Geppetto crée une marionnette pour tromper sa solitude et étaler son talent. Plus il la manipule, plus elle se croit réelle et désire s'affranchir. Pauvre pantin sans mère pour le protéger des autres, il se cherche des amis, mais souviens-toi des Enfants perdus transformés en ânes. Ne suis jamais le troupeau.

Je n'ai donc jamais porté de jolies robes pour éviter d'attirer les regards concupiscents. Pas d'amies non plus dans ma vie, pour échapper à la coquetterie, le guet-apens est dans l'œil des hommes. Ma seule compagnie fut une poupée fabriquée par ma grand-mère avec des tissus usés, envoyée bien avant ma naissance. Elle était moche, c'était à moi de la rendre vivante. Cette poupée muette incarnait toutes mes leçons. Son ventre avait été fouillé, j'ai voulu réparer une couture brisée et j'y ai trouvé quelque chose d'énigmatique... Tu vas le constater par toi-même quand tu mettras la main dessus... Réfléchis-y.

13
MASQUE DE LA NUIT

Luc Drapeau accueille avec bonhomie le retour de François Boissonneault, à son bureau presque quinze ans plus tard. Ils ont pris des rides tous les deux, mais les cernes qui grisaillent le visage de l'ébéniste trahissent une insomnie revenue en force, tenace et dévastatrice. Le thérapeute effleure le dossier jauni du patient, ravivant ses souvenirs de l'époque où Simone fut hospitalisée. Elle refusait catégoriquement l'idée de devenir grand-mère.

Il félicite son patient pour son nouveau statut de grand-père, puis s'enquiert de ce qui perturbe ses nuits. Son sentiment d'impuissance face à Ezio depuis qu'il vit sous son toit, ou sa difficulté à trouver ses marques comme tuteur d'un ado ?

François exhale longuement, déplorant ces rôles familiaux qu'on endosse sans modes d'emploi.

— Mari, père, grand-père... Comment est-ce qu'on apprend tout ça ? Les femmes se disent tout entre elles, se font apprenties les unes des autres. Du moins, c'est ce que j'imagine dans les familles normales, la fille qui apprend de sa mère et consulte sa grand-mère quand ça coince.

— Rien de magique là-dedans non plus. Chaque nouveau rôle amplifie soit la confiance, soit l'insécurité. C'est comme passer un niveau dans un jeu vidéo ; réussir ou échouer à une étape ne prédit rien pour la suivante. Tout dépend des outils qu'on vous a légués ou confisqués. Ce statut de grand-père n'est pas la promenade de santé qu'on prétend, n'est-ce pas ?

Le patient croise ses mains, les verrouille.

— On m'a maudit, c'est sûr. Je ne délire pas. Je sais bien que c'est absurde d'y voir une intention malfaisante, mais j'en reste persuadé. Le sommeil m'échappe encore et ma lucidité s'effrite un peu plus chaque jour.

— Ça vous console peut-être de penser que c'est un plan ourdi contre vous ? Mais qui en serait responsable ?

François lève les yeux au plafond.

— Je me retiens de faire un signe de croix. Si j'avais la foi, je serais peut-être moins fragile. Ma cinglée de Simone a bien failli me faire craquer quand on l'a placée. Vous le savez bien, c'est à cette époque que j'ai commencé à venir vous voir.

— Elle vous reprochait de ne pas avoir suffisamment surveillé Emma, si mes notes sont exactes ?

— Un vrai mystère ! Emma allait à l'école, rentrait toujours à l'heure. Son emploi du temps était d'une régularité exemplaire. Elle refusait même toute activité parascolaire, sans doute pour épargner les nerfs de sa mère. À part ses rendez-vous chez le pédopsychiatre, elle ne sortait jamais. J'étais son chauffeur attitré, que vouliez-vous que je fasse de plus ? Vous vous souvenez qu'on l'avait mise sous consultation après cette histoire de caisson sous l'horloge où elle s'était enfermée ?

— Parfaitement, vous craigniez un trouble cognitif ou neurologique à cause des convulsions oculaires qu'elle avait eues. Et alors ?

— Rien d'anormal du côté des circuits cérébraux, mais le spécialiste a repéré des peurs qu'elle refoulait. Il disait qu'il fallait qu'elle exprime ses angoisses pour les dompter. C'est lui qui nous a orientés vers un collègue hypnologue. Vous trouvez que c'était approprié ?

— Quand un patient manque de mots pour s'exprimer, parfois ses hésitations deviennent des barrières. L'hypnose fait remonter les émotions et le thérapeute aide à contextualiser les souvenirs. Est-ce que ça se passait bien ? Emma semblait-elle plus apaisée ?

François dérive vers son statut d'artisan-ébéniste à son compte, expliquant que son atelier attenant à la maison lui permettait de jongler avec les rendez-vous médicaux.

Il grimace en évoquant l'impact sur ses finances et conclut qu'il a saigné son compte pendant deux ans.

— Pour ce qui est de l'horaire d'Emma, pas une minute d'improvisation. Quand on a découvert sa grossesse à quatorze ans, Simone a littéralement implosé. Fallait voir ça. Je ne pouvais même pas l'approcher, ni pour la calmer ni pour l'empêcher de se déchirer les joues. J'ai fini par appeler les secours. Ils l'ont hospitalisée, traitée. Le jour suivant, j'ai fait le tour des établissements pour trouver où la placer.

— Face à cette nouvelle, Simone a-t-elle cherché à comprendre ou à interroger Emma ?

— Quel charabia, pour une fois qu'elle daigne partager ses pensées avec moi ! La peur, c'était son héritage à elle, pas le mien. Elle a craché sur ses parents, rien de bon dans ses souvenirs, pas une miette de reconnaissance. Elle se disait damnée, condamnée pour avoir été maltraitée et incapable d'aimer sa propre fille. Comme ça, elle ne nuirait pas à Emma. Mais moi ! Je m'occupais de tout. Forcément, j'avais tout gâché.

Son menton tremblote et ses lèvres frémissent comme une marmite sur le point de déborder. Il dissimule son regard derrière ses mains.

— C'était son verdict, sans appel. Elle hurlait que j'avais toujours monopolisé Emma, que je quémandais son affection comme un mendiant. Que ça la perturbait déjà quand elle était trop petite pour mettre des mots dessus !

Sa tête s'affaisse sous le poids des souvenirs, son menton s'écrase contre ses poings serrés, coudes plantés dans ses genoux. Ses épaules secouées de spasmes trahissent ses sanglots.

Luc lui tend un mouchoir. Le grand-père essuie ses yeux rougis et se mouche sans retenue.

— J'ai préféré me taire ; pourquoi alimenter son délire ? C'était la panique qui parlait. Regardez-moi, aussi lamentable après toutes ces années.

Vous vous rappelez dans quel état j'étais quand j'ai fait interner Simone ? Vos fichues pilules pour dormir, elles n'ont pas fait de miracle.

— Un simple masque de nuit qui invite le sommeil et donne confiance au dormeur. C'était une béquille temporaire. Vous aviez besoin de souffler un peu, de digérer cette décision que vous avez prise pour vous deux. Et Emma, comment a-t-elle réagi au placement de sa mère ?

— Emma a disparu un temps, puis quand elle est revenue, pas une question sur Simone. Pour moi, par contre, elle cultivait une haine pure. Ça me déchirait. J'avais été là depuis son premier souffle, orchestré chaque détail de sa vie, et voilà ma récompense.

François se frotte le visage comme si tout ceci lui demandait un effort extrême.

— Ah, j'oubliais : l'hypnotiseur m'envoyait encore des factures bien après sa fugue... Mais ça, c'est une autre histoire.

Il jette un œil à sa montre puis se lève brusquement, sort son portefeuille et en tire plusieurs billets.

— Je dois y aller. J'ai dit à Claude, l'infirmier, que je serais là dans une heure. C'est lui qui s'occupe d'Ezio pendant cette tranche horaire, pour quelques jours.

Luc Drapeau prend l'argent et lui remet en échange un reçu et une ordonnance.

— Voici pour quinze comprimés, ça devrait aider votre sommeil. Alors, on maintient le rythme quotidien pour nos échanges, à la même heure ? Vous aurez bientôt du nouveau sur l'état de santé de votre petit-fils. J'ai hâte d'en savoir plus. D'ici là, reposez-vous.

François pince les lèvres et hoche la tête, incrédule. Comment se reposer à la suite de son amère découverte ? Ezio n'est pas de son sang, ce qui risque de torpiller les démarches d'adoption. Et cela remue la suspicion et fait croître l'aversion.

14

LE CHAT PARTI, LES SOURIS DANSENT

C'est l'heure de la relève. François bredouille des excuses à l'infirmier Claude pour son retard. En ville, il en a profité pour aller déposer le formulaire et sa demande de prélèvement sanguin pour Simone, à sa maison de soins. Au moins, le Dr Bachaud a signé une lettre qui justifiait l'urgence de cette procédure en rappelant qu'avec le cathéter permanent, le consentement de la patiente était un détail vertueux. Cette dernière n'était pas consciente de la ponction, donc l'action ne génére-rait ni stress ni douleur. Et c'était pour la meilleure des causes.

Claude cale son porte-document sous l'aisselle et agite son index avec enthousiasme.

— Encore une journée qui finit bien. Ezio collabore à sa routine. J'ai noté toutes les données sur ses périodes d'éveil, grâce à vos observations. Les résultats sont prometteurs, vous ne trouvez pas ?

Il ouvre son dossier comme un employé impatient de montrer ses chiffres de performance au patron.

Avant de répondre, le grand-père évalue discrètement la distanciation jusqu'aux oreilles du malade. Ezio reste figé dans son fauteuil à bascule, emballé comme un colis fragile. La tête au nez crochu penchée sur ses bras décharnés, dont les mains aux doigts écartés sont posées, deux cages fragiles sur la surface noire reposant sur ses genoux. Un pianiste en pleine concentration soudain paralysé, songe François. Il se plaque un sourire de politesse et hoche la tête, retenant tout commentaire désobligeant. Ses pensées sont moins charitables. Être nourri comme un bébé, faire des siestes comme un bébé, chigner comme un bébé à l'heure du bain, comme elle est belle la vie !

— On a ajouté une tablette électronique à son programme de stimulation, continue Claude en lui tendant une feuille tirée de son dossier. Peu importe le blocage actuel de la parole, sa capacité de lecture reste intacte, sans compter les jeux à compléter et le visionnement de films pour tester sa concentration. On pense aussi qu'il pourrait communiquer plus facilement avec vous, en vous montrant des choses à l'écran, en partageant une découverte.

François sent la sueur perler sur son front et passe son index le long de son philtrum. Il déteste sa faiblesse, il devra bien avouer qu'il se sent démuni. *Tu l'as voulu, non ? Te voilà tuteur, on ne finit jamais d'apprendre, mon vieux !*

— Écoutez, comme tout le monde, j'entends les débats sur le contrôle parental et les consignes de temps d'écran. Je pensais que ça ne me concernerait jamais, mais visiblement, j'ai des leçons à prendre. Il a treize ans et je ne peux pas le surveiller vingt-quatre heures sur vingt-quatre. Qu'est-ce que je dois faire ? Comment savoir ce qu'il regarde ?

— Bonne question. Vous avez raison de vous en préoccuper. Sur cette feuille, vous trouverez le nom du compte et son mot de passe. J'ai aussi ajouté un lien vers les outils de contrôle parental.

Claude se détourne et enjambe le seuil de porte.

L'absence des salutations habituelles l'incite à regarder par-dessus son épaule.

La feuille tremble entre les mains du grand-père. Sa tête penchée n'est plus qu'une tignasse désordonnée, des sourcils broussailleux qui déchiffrent cette énigme. Ezio s'est choisi un pseudonyme : Pinocchio. Qu'est-ce que ça cache ?

— Ne vous inquiétez pas ! lance Claude. À ma prochaine visite, je vous montrerai comment vérifier l'historique, rien ne sera perdu. Je pourrai vous créer un compte aussi, si vous voulez.

Le grand-père redresse les épaules, hoche la tête avec soulagement. La main gauche, celle qui tient le papier, tombe sous le poids nouveau de cette responsabilité. De la droite, il salue l'infirmier.

Un rire s'élève derrière lui, provoquant un frisson inexplicable le long de son échine.

Il regarde rigoler son petit-fils rachitique devant la tablette projetant des reflets dansants. Son visage passe du bleu au gris, redevient blafard, mais toujours sans fossette aux joues. Il s'enferme dans cette situation qu'il a lui-même choisie. Sans un lien de sang véritable, où trouvera-t-il la force de continuer ?

15
INTROUVABLE

François s'est installé pour lire dans sa chambre. À onze heures, ça le démange, il fait sa ronde à la satanée horloge qui ne sonne pas les onze coups.

Ezio est là !

Debout.

Muet.

Les portes-placards sont ouvertes : il y a déposé la vieille poupée de guenille appartenant autrefois à Emma.

Comment a-t-il découvert la chambre d'enfant de sa mère, dans cette maison qu'il n'a jamais visitée ? Comment a-t-il trouvé la force de déambuler ? On est loin de la narcolepsie. Est-il somnambule ?

François force sa respiration à ralentir, s'approche de cet Oiseau de plus en plus troublant. Il le raccompagne à son lit et se prend à souhaiter des courroies de contention plutôt qu'une simple couverture pour garantir une nuit paisible.

Avant de retourner à sa chambre, il veut d'abord rapporter la poupée Béa à la chambre de sa fille, fermer les portes du caisson de l'horloge, essayer de se convaincre à l'aube qu'il a rêvé tout ça.

Oh ! La poupée a été martyrisée une seconde fois... Les petits nuages de rembourrage autour d'elle ressemblent à des moutons de poussière. On dirait qu'elle a accouché, ouverte d'une hanche à l'autre : la couture a craqué et son ventre est maintenant creux. Il retient son souffle lorsqu'il décèle deux morceaux de carton.

Tout d'abord, une image sainte de la paroisse Saint-Augustin avec une longue citation en italien et, au verso, plusieurs phrases manuscrites tout aussi impossibles à décoder. Était-ce un message caché dans la poupée dès son envoi ? Quoi ? Une carte cadeau introuvable, destinée à Simone ? Quelle idée tordue !

Ensuite, il reconnaît la photo tombée de la tête de l'horloge : Jacopo, un chat blanc à ses pieds et la jeune Simone sur ses épaules. C'est donc là que Emma l'avait sauvegardée, en réparant la poupée décousue. À cette occasion, avait-elle trouvé l'autre carte ? En a-t-elle parlé avec sa mère ?

Il scrute l'endos de la photo et reconnait la citation connue sur l'image sainte de la paroisse de Saint-Augustin. « Quando si ama, o non si ha dolores, o si ana fini al dolore » ou « Quand on aime, ou bien on n'a point de peine, ou bien on aime jusqu'à aimer sa peine. »

Il y a une autre phrase, manuscrite celle-là, toujours en italien. Une énigme de plus. Pourquoi Simone déteste-t-elle cette photo ?

En l'absence d'Ada sur le cliché, il déduit que le destinateur de ce message est son père bâti en manche à balai avec la frange noire et raide qui lui cache à demi les yeux.

Voilà pourquoi l'ossature et les cheveux noirs d'Ezio m'horripilent tant. Qui est son père, à la fin ?

16

TOUT PART EN VRILLE

La deuxième séance démarre sur les chapeaux de roues. Luc Drapeau consulte un ancien agenda.

— Une fois Simone placée en résidence, sous surveillance, vous n'êtes pas revenu me voir. Alors, tout allait bien, pendant un certain temps ?

François masse ses sourcils et balbutie :

— J'étais débordé et honteux de l'être, je me sentais incapable de vous faire le compte-rendu. Écoutez plutôt ! Une fois de retour de la résidence, après avoir signé la paperasse et fourni mon folio bancaire, Emma s'était éclipsée de la maison. Je craignais surtout qu'elle se fasse avorter dans des conditions, euh, douteuses. J'ai appelé partout, sans fausse pudeur, expliquant pourquoi je savais qu'elle avait besoin de soins. On m'a vite fait comprendre qu'elle était maîtresse de ses choix. Bref, j'étais complètement largué.

Le vieillard déroule son raisonnement, son besoin d'agir, de trouver lui-même des solutions.

— Et puis j'ai contacté son pédopsychiatre, celui à qui elle s'était confiée. Vous vous en rappelez ?

— Laissez-moi deviner : il s'est retranché derrière le secret professionnel.

— Exactement. Les vingt semaines fatidiques passaient, je redoutais le pire à chaque sonnerie de téléphone. Et puis un jour, ça sonne et j'entends une voix masculine. Emma avait un amoureux, vous imaginez ça ? Il savait pour sa grossesse dès leur rencontre et l'avait même accompagnée à sa première échographie. Sans entrer dans la salle, a-t-il précisé, ce n'était ni son enfant ni sa décision. Il m'annonça que je serais grand-père d'un petit garçon qui serait dénommé Ezio. En revanche, il fallait attendre qu'Emma accepte que je fasse connaissance avec lui, avec cette famille improvisée à mon insu. J'ai entendu un froissement de papier, puis ce qui a suivi m'a laissé sans voix :

« Elle m'a demandé de vous dire qu'un jour, elle vous appellera à onze heures pour fixer un rendez-vous. » La diablesse ! Elle a attendu deux ans après la naissance.

— Mieux vaut tard que jamais, non ?

— Mais j'étais un inconnu pour ce bébé ! Elle avait empêché tout ce qui forge un lien : l'odeur, les caresses, la proximité, tous ces petits jeux complices. Et cette humiliation de me faire annoncer qu'elle appellerait à onze heures...

— Vous aviez donc deux possibilités par jour d'être contacté, si je comprends bien ?

— C'était précisément ça, la torture. Je perdais l'appétit, j'ai dû me résoudre à faire livrer des repas à l'atelier du lundi au vendredi, juste pour m'obliger à manger. Le soir, impossible de me détendre ou de trouver le sommeil. Cette horloge me hantait deux fois par jour.

— Comment était votre consommation d'alcool, à l'époque ?

François frotte son nez et tire son lobe d'oreille.

— Je ne mélangeais pas les pilules et la boisson, si c'est ce que vous voulez savoir. Ce qui m'obsédait vraiment, c'était cette damnée horloge qui ne sonnait plus les onze coups. Tenez, j'ai même pensé que c'était peut-être Emma qui avait détraqué le mécanisme en jouant à se cacher dedans, autrefois.

Une rougeur subite envahit son visage, conscient de l'absurdité de son accusation.

— En fait, j'ai profité de ce que Simone est absente pour démonter complètement l'horloge et essayer de la réparer. Je me disais que si elle revenait un jour, elle serait touchée de voir que j'avais pris soin du seul meuble de sa famille. J'ai tout essayé : les cordes, les poids, tout. Sans résultat. Je ne sais pas pourquoi je m'acharnais comme ça, sauf peut-être pour conjurer le sort. Je passais mes journées à regarder ces aiguilles. Quel imbécile j'étais, à me dire qu'il était onze heures jusqu'à ce que sonne la demie ! Et puis j'ai commencé à pleurer à chaque « Dong » de cette demi-heure, deux fois par jour, c'était pathétique. C'est là que j'ai tout fait pour me procurer des somnifères.

— Et que signifie ce silence à la onzième heure, à votre avis ?

— Je n'arrive toujours pas à saisir pourquoi ce simple jeu de cache-cache d'Emma a suffi à dérégler le carillon et à faire disjoncter Simone.

— Vous avez au moins essayé de comprendre...

— Je suis le dernier des crétins ! Incapable de savoir ce qui rendait Simone si malheureuse avec moi. Elle avait tellement hâte de quitter son pays, mais n'a jamais parlé de sa vie d'avant. Je n'ai pas su être curieux ou empathique. Un déracinement, ce n'est pas un simple aller-retour. À part ses vêtements, la seule chose qu'elle a apportée, c'était ce meuble arraché à son père comme dot. J'ai dû organiser tout le transport maritime, la rassurer sur l'emballage, les assurances, la livraison jusque chez moi.

— Donc, vous pensiez être le canard parfait ?

Devant le regard perplexe de François, le psychologue précise le concept.

— C'est une expression pour désigner dans un couple celui qui s'oublie complètement au profit de l'autre.

— Vous en doutez ?

— Êtes-vous convaincu d'avoir tout fait pour elle au point de vous oublier ?

Le conjoint fatigué baisse les yeux.

— Vous avez peut-être raison. Si seulement j'avais eu le bon sens de lui demander ce qu'elle ressentait par rapport à l'horloge maintenant défectueuse ou à la découverte d'une photo d'enfance.

Le thérapeute lisse ses pantalons le long de ses cuisses et répond, les yeux mi-clos.

— Les « si seulement » sont comme des serpents à sonnettes ; parfois, ils fuient quand on marche dessus, parfois ils se dressent pour mordre quand on les enjambe pour les éviter. Pourquoi n'avez-vous jamais demandé à Simone ce qu'elle ressentait dans ce moment, disons, critique ?

— Parce que je refusais qu'elle me parle de ses balivernes religieuses. Ses traditions familiales ne m'intéressaient pas non plus. J'avais été parfaitement clair lorsque j'ai fait d'elle ma femme pour l'emmener vers une nouvelle vie au Canada. C'était notre accord, point final.

Le praticien observe son patient qui se tord littéralement les mains, le sang battant visiblement dans ses joues, attendant la suite.

— Tenez, je vous confie un détail, une trace de ce passé. Une surprise pour Simone qui n'a pas eu l'effet escompté.

Il raconte qu'au moment de décoincer Emma du caisson de l'horloge, en lui prenant la main alors qu'elle tient sa poupée de chiffon dans l'autre, sa fillette s'est retournée pour examiner l'intérieur vide, comme si elle cherchait quelque chose. Il y avait un petit carton noir et blanc, brillant. Sous la lumière, on voyait un homme souriant avec une petite fille juchée sur ses épaules et un chat blanc aux pieds. Emma, oubliant toutes les réprimandes, l'a ramassé et l'a brandi devant sa mère avec un air triomphant : « C'est toi, maman ? Avec ton papa ? C'était ton chat ? » Simone, métamorphosée en furie, se jeta sur la photo en hurlant à Emma de la lui donner, que ce n'était pas à elle, qu'elle n'avait pas d'affaire à fouiner là-dedans. Il s'était interposé juste avant que les ongles de sa femme ne déchirent ce rare témoin de sa vie d'avant, ajoutant sans doute un nouveau secret à tous ceux déjà enfouis.

Le psychologue se redresse dans son fauteuil.

— On a deux pistes à explorer, il me semble. Le silence de Simone sur son enfance et celui de l'horloge à la onzième heure. Étrange, que ces absences vous hantent. Ça mérite qu'on s'y attarde.

— Le silence, c'est rarement dérangeant... Mais pour moi, c'est l'inverse ! Ce onzième coup qui refuse de sonner, c'est lui mon tourmenteur.

François fronce tellement les sourcils que son visage se froisse. Ses index s'agitent en boucles, pour mimer le rythme effréné de ses pensées.

— Emma n'a pas pu causer cette panne. Mais ce dérèglement a fait basculer Simone dans la panique. Et pourquoi est-ce que ça me ronge aussi ? Dans votre répertoire des névroses, ça vous évoque quelque chose ?

— On ne peut pas consulter un manuel de diagnostic comme un dictionnaire.

— Vous êtes l'expert des comportements qui dissimulent autre chose. Vous ne pourriez pas m'éclairer sur les obsessions de Simone ?

— Je ne peux aider que la personne assise en face de moi. Et seulement si elle est sincère avec elle-même. C'est à vous de découvrir ces réponses, petit à petit. Mais racontez-moi plutôt comment se sont passés les deux premiers jours avec Ezio ?

François revoit la misérable poupée de chiffon qu'Ezio a transportée jusqu'au caisson de l'horloge. Il se mord les lèvres.

Comment expliquer cette absurdité sans passer pour un fou qui délire depuis des années ? Un coup d'œil à sa montre ; il reste moins de cinq minutes avant la fin.

— Désolé, l'heure tourne, je dois retourner veiller sur mon petit comédien.

Luc Drapeau, qui consultait machinalement sa propre montre, en fouillant dans son carnet de reçus, sursaute en entendant cette remarque.

— Un comédien ? Ai-je bien compris ?

— Le soi-disant invalide qu'on aide à marcher comme un bambin – l'infirmier et moi débordant de patience – se balade la nuit en parfaite autonomie, sans même allumer. Il connaît ma maison comme sa poche. Vous pouvez ajouter « somnambulisme » à la collection des bizarreries familiales.

17
LA VÉRITÉ DU SANG

Quand François a rangé le cadavre de Béa dans une boîte à chaussures vide dans le placard d'Emma, il a prélevé la photo en noir et blanc et l'image sainte ornée d'une longue citation de saint Augustin sur fond de mains en prière, affublée au verso d'une liste de phrases manuscrites, toutes en italien comme pour le narguer davantage. Il se jure de consulter l'application de traduction sur la nouvelle tablette d'Ezio, dès que son compte sera créé.

Le sommeil le fuit tandis qu'il se torture l'esprit sur l'absence de lien génétique entre lui et cet Ezio. Il avale un second cachet de somnifère.

La nuit n'offre aucun répit à la folie, et voilà le futur tuteur piégé dans un cauchemar oppressant.

Jacopo, l'autre grand-père, l'affronte au-dessus du survivant. Ils se cramponnent mutuellement au collet, contemplant en contrebas leur trophée : le lit et son occupant inerte. Jacopo secoue sa tignasse noire de corbeau et martèle : « Ezio, c'est italien, ça crève les yeux ! » De dos, Ada rajuste son voile funèbre qui coule de sa tête à ses épaules avant de s'étaler en rivière sinueuse sur le sol, qui se meut comme un serpent avec sifflements. Simone, figée, affiche un rictus horrifié, tape du pied comme un métronome devant le spectacle des deux vieillards s'acharnant à déterrer la vérité.

Puis le bruit se transforme, le battement de son pouls résonne contre ses tympans. Il émerge péniblement, comme englué dans des sables mouvants. Il ouvre un œil, puis l'autre, nullement surpris de trouver ses draps trempés de sueur. Il se lève, en quête d'eau.

Éveillé et rongé d'angoisse, son esprit calcule avec frénésie. Depuis la mort d'Emma, voilà 40 semaines, l'information fracassante « Une voiture-suicide emportant un couple québécois et laissant leur enfant dans le coma » a probablement franchi les frontières, malgré l'exil choisi par Simone. Cependant, Emma et Ezio Boissonneault sont des noms qui n'évoquent sans doute rien pour les lecteurs génois qui connaissent Ada et Jacopo Ruffo. Mais les Ruffo connaissaient-ils le prénom Emma lorsqu'ils ont envoyé cette poupée-chiffon ? Il essuie son front moite d'un revers de manche et se raisonne : non seulement personne ne pouvait savoir que Simone accoucherait d'une fille, mais c'est lui qui a choisi ce prénom. De toute façon, le cadeau des Ruffo dormait déjà depuis des mois au fond du tiroir à langes.

Mais François est un homme de cœur et il reprend son raisonnement avec un soupçon d'empathie, ce qui affole aussitôt son pouls. Près de 30 ans après le départ de Simone par bateau, qui peut garantir que l'orphelin d'Emma ne provoque pas un sursaut légitime chez Ada et Jacopo ? N'est-ce pas une sorte de devoir tacite que de réunir ceux du même sang, une courtoisie élémentaire entre les générations ? Ces grands-parents maternels, à peine plus âgés que lui, possèdent certainement encore toute leur tête. Comment ne pas avoir le cœur brisé à l'idée de ne jamais connaître leur unique descendant ?

« La distance est salutaire pour qui veut l'abolir », lui murmure sa raison. Une chose demeure certaine : Ada et Jacopo s'étaient d'emblée affranchis des obligations familiales en prétextant ne pas avoir les moyens de venir au Canada pour les noces. Je ne leur ai rien imposé ! se dit-il. Hormis cette affreuse poupée, aucun geste n'a jamais traduit une volonté de rapprochement de la part de cette famille.

L'expression de rage figée de Simone, celle de son cauchemar, lui revient avec une douleur sourde au plexus. Quelle part du malheur de Simone venait de la perte de son clan avec une horloge pour tout héritage et quelle part découlait de la solitude silencieuse que François lui imposait ? L'indifférence des Ruffo avait-elle assombri ses jours au point de justifier cet arrêt quotidien et obligé devant ce mémorial ? Qu'est-ce qui était mort, au fond, pour mériter ce monument au temps suspendu et ces prières forcées ? Une fille quittant son foyer, c'est dans l'ordre naturel des choses. Elle n'était ni reniée ni privée de moyens pour revoir ses parents. François n'avait jamais été sollicité pour un tel voyage ; si elle l'avait souhaité, ce n'était donc pas faute d'argent. À quoi bon torturer le passé avec ces hypothèses ? Simone s'est promue invalide depuis l'annonce de la grossesse d'Emma, point final. Il soupire de soulagement et s'en trouve lâche. Ce refoulement précipité n'est rien d'autre que du remords. L'autre visage des serpents à sonnettes : si seulement...

La réalité, c'est ce qui compte. Face aux décisions imminentes concernant Ezio, François s'applaudit d'avoir réclamé sans attendre un échantillon sanguin de Simone. Le Dr Bachaud a compris qu'il fallait exiger la reprise de l'analyse avec plusieurs échantillons, Simone, Emma, Ezio et le sien, pour établir un profil génétique complet. Le docteur connaît le résultat aberrant du premier test de filiation, voilà pourquoi il sera prudent ; après tout, le suivi à la maison prendra fin et son équipe voudra appuyer la bonne décision pour la charge légale du patient mineur. François avait même formulé un mensonge blanc, sous prétexte d'informer la branche maternelle italienne des Ruffo de l'existence d'un survivant à Emma.

La tête embrumée, François est convaincu qu'il doit impérativement clarifier la nature de son lien avec Ezio, et vite. Le sang ne ment pas ; pour l'instant, seul le souvenir du portrait de Jacopo évoque cette ressemblance troublante. Il déteste ces cheveux noirs et ce nez anguleux partagés par Simone, Emma et Ezio. Ces joues lisses, sans fossette, chez Emma et l'enfant, ont miné sa certitude pendant tant d'années.

18

DÉTOUR PAR LE DÉSAMOUR

L uc Drapeau accueille son patient pour la troisième fois. Il suggère de reprendre le fil des événements à partir du moment où Simone fut placée en maison de convalescence.

François raconte qu'il s'est vite détaché d'elle et cela ressemblait à une petite escapade en vacances. Comme ces vingt-quatre heures, quand vous êtes ébloui d'avoir lâché prise sur le quotidien, vos poumons gonflés de légèreté génèrent un repos idyllique, vous vous sentez régénéré. Le surlendemain, il était convaincu que c'était facile de s'en séparer au quotidien, elle était en sécurité tout de même.

— Mais ce n'est pas comme découper un bon de réduction de la circulaire du supermarché en suivant le pointillé, pour le refiler contre un avantage.

— Vous en parlez comme d'une simple transaction. Comment vous sentiez-vous lorsque vous alliez la visiter ?

François se racle la gorge, cale son dos et croise ses bras.

— Merci d'avoir ménagé ma susceptibilité en présumant que je ne l'ai pas abandonnée depuis. Pourtant, j'ai fait de rares allers-retours. Comment dire ? Après avoir boudé la parole, elle a boudé le regard. Au moins, je n'y lisais plus son dégoût, mais comme leçon d'indifférence, c'était magistral. On entend dire : « La mort n'a pas d'œil : elle ne regarde personne de face. » Eh bien, pour moi, c'était le début de la mort de Simone, vu la date de péremption de notre couple annoncée par la grossesse d'Emma.

Le psychologue se rapproche de son patient en posant ses coudes sur ses genoux, joignant ses deux mains. François réagit en dénouant ses bras et en joignant ses mains sur ses genoux à son tour. Leurs têtes pourraient se toucher.

— Même si vous vous détachiez de Simone, comme vous le dites, vous y pensiez, c'est inévitable. Qu'est-ce qui vous revient en mémoire ?

— Qu'elle me détestait, parce que ça lui était impossible d'en vouloir à quelqu'un d'autre, vous voyez ? J'étais devenu son seul univers, avec Emma. Au début, je croyais qu'elle en voulait au bébé. Pour tout ce que cela faisait surgir en elle-même, avouable ou non. Vous ne m'avez jamais dit ce que vous pensiez de ça, mais une mère qui refuse de prendre son enfant, ni à la naissance ni plus tard, c'est flippant. La déprime post-partum, ça finit par finir, non ? Elle m'avait à l'avance délégué toute la charge des soins. Avec sa vision défaitiste, j'étais forcément condamné à rater l'éducation de notre fille.

— Sans vous offenser, vous la haïssiez aussi. C'est plutôt banal dans un couple de longue date qui ne socialise pas. Comme elle, vous n'aviez personne d'autre à blâmer pour vos malheurs.

— Alors quoi, on reste là à contempler nos cicatrices en solitaire ? On les montre ou on les cache, c'est tout ce qu'on peut faire ?

— Une cicatrice c'est une blessure qui se dissimule. Auriez-vous l'audace d'explorer ce qui palpite en dessous ?

— Je travaille le bois, pas les corps. Mais je sais qu'un nœud dans une planche, c'est parfois toute la solidité du meuble qui fout le camp, malgré les garanties données au client. Pourtant, les profanes y voient juste un joli motif dans le grain.

Le psychologue sourit.

— Vous progressez. Chaque mot entendu, chaque situation vécue baigne dans un faisceau de significations, personne n'en saisit jamais la réalité complète. C'est fascinant d'interroger la mémoire de ceux qui ont partagé un même moment. On fige notre perception au fil du temps et on l'appelle vérité. Préfère-t-on sa face lumineuse ou son côté obscur ? Le gardien de nos souvenirs, sans nous demander notre avis, nous épargne l'effort des contradictions. C'est ce qu'on nomme le biais cognitif.

François frotte sa paume endurcie, là où quelques accidents ont laissé leurs marques permanentes et leurs petites incapacités.

— La peau, c'est comme le bois que je travaille, parfois je maquille la surface, parfois j'accepte le nœud. La peau cache nos imperfections, celles qu'on refuse de voir ou de montrer. La peau n'est jamais tranquille. Pas celle de Simone, c'est certain.

— Chaque cicatrice dévoile une histoire enfouie, des peurs qu'on n'ose pas nommer tant elles nous fragilisent. J'ai lu d'un poète qu'avec l'amour véritable, les cicatrices de l'un deviennent des grains de beauté aux yeux de l'autre.

François frissonne et baisse les yeux.

— Donc tout revient au manque d'amour. On est perdants, quoi.

— Vous parlez de manque d'amour, mais avez-vous réfléchi à l'amour manqué ? Si je peux me permettre d'insister, qu'est-ce qui vous a fait choisir Simone, parmi toutes les autres ?

Stupéfait, François lève la tête, bouche entrouverte, incapable d'articuler un mot.

— Notre temps est écoulé, conclut le psychologue. Je vous propose d'écrire quelques lignes sur ce qui vous a séduit lors de votre première rencontre. Un son, une chanson, une odeur, un plat peut-être. Notez tout, sans ordre particulier. Les mots déverrouillent parfois d'autres mots et les mots deviennent émotions. Nous en reparlerons à notre prochaine rencontre.

19

FAIRE BONNE IMPRESSION

L e crayon griffonne la consigne en haut de la page : lors de la première rencontre avec Simone (dans l'ordre ou dans le désordre) : charme, odeur, chanson, mets préférés ou tout autre souvenir. Puis, il se met à rédiger.

« 1975, Gênes, chiesa di Sant'Agostino.

À 42 ans, encore célibataire, j'avais tous les atouts en main. Mes parents décédés, la succession réglée et un pactole en plus de la maison paternelle payée : je pouvais naitre à nouveau. Je me cherchais une jeune épouse pour fonder une famille à mon retour au Canada. J'allais ouvrir ma boutique d'ébéniste, devenir l'artiste et mon propre patron. Il me fallait affiner mes compétences auprès du meilleur maitre italien !

Je venais de m'installer pour quatre mois à
Gênes, pour travailler à la paroisse Saint-Augustin.

Ma nouvelle vie commença par ce rendez-vous
à l'église, pour procéder à l'évaluation des travaux
du presbytère et de la sacristie. Mon maitre artisan
allait superviser mes premières interventions dans
la chambre d'habillage du curé, dont un mur
entier était perforé d'armoires à tiroirs plats pour
les accessoires. Il y avait quantité de rails défectueux, des boutons abîmés et des frises écornées à
remplacer. Avec l'art du bois, chaque détail
compte. Par minutie et pour tromper ma nervosité,
je m'étais rasé une deuxième fois.

J'ai poussé la porte de service, il serait bientôt
onze heures. L'odeur du fer à repasser qui beso-
gnait en chantant sa vapeur délicate à intervalles
réguliers décuplait la fragrance du tissu fraîche-
ment lavé. Un doux nuage translucide nimbait la
jeune fille, dos à la porte. L'humidité ambiante,
couplée à la chaleur solaire traversant les carreaux
biseautés, justifiait qu'elle portât une robe sans
manches, un manquement à la réserve des dames,
dans les bancs d'église de l'autre côté de la sacristie. Ne pas offrir trop de peau à la vue et masquer
la coiffure avec un voile de dentelle, telles étaient
les règles. Elle posa son fer sur la plaque. Des deux

mains, elle lissa les mèches qui frisaient de chaque côté de ses tempes et collaient sur sa nuque. Élégants, ces peignes à cinq doigts lissèrent ses cheveux, manipulèrent l'élastique pour les dompter en une couette.

Dans ce bref silence, elle détecta ma présence et pivota avec un sourire poli. Ses yeux lumineux, curieux et rieurs, m'ont semblé les plus beaux bijoux du monde. Les mots qu'elle m'a flûtés en italien ont ravi mon oreille. Puis, le sourire franc, elle reprit sa question en français.

— Cherchez-vous quelqu'un, monsieur...

— Fresno, appelez-moi Fresno.

Je ne sais pas pourquoi j'ai inventé ce prénom, qui veut littéralement dire "Chêne fort". Ça m'a fait sourire et je sais que j'arbore alors une fossette qui m'avantage.

— Je suis un ébéniste, j'arrive du Canada. J'ai hérité de la maison de mes parents et je compte y ouvrir mon propre atelier. Je viens ici pour me perfectionner à réparer à l'identique et à... à... J'ai rendez-vous ici à onze heures.

L'horloge égrena ses coups, pour confirmer la vérité de ma présence ou m'absoudre de mon petit péché de vantardise ? On se regardait, haussant les épaules en même temps pour convenir d'attendre le retour du silence. Un frisson palpitait en moi, je sentais une suée sur mon philtrum. Pour me soulager, je posai mon index sous mon nez — comme pour requérir le silence — et j'asséchai ce petit canal de peau qui trahissait mon émotion, comme si elle était indécente.

— Enchantée. Je suis Isabella Bianco : c'est ma dernière journée de remplacement ici. Demain, Simone sera de retour.

Déçu, alors qu'elle ne me devait rien, je me hâtai de lui dire n'importe quoi en cherchant comment apprendre où la rencontrer à nouveau. Je sortis ma carte professionnelle avec mon adresse de Montréal, François Boissonneault, ébéniste.

— J'ai loué hier une petite maison sur le côté du cimetière, pour quatre mois. Je me demandais si vous pouviez me recommander quelqu'un pour ma lessive et un peu d'entretien...

Elle accentua son sourire, tourna la tête et se dirigea vers le petit secrétaire où trônait un stylo retenu par une chaînette.

Du tiroir ouvert, elle poussa du doigt quelques documents et tout à coup, attrapa une pile d'images saintes retenues par un ruban. Elle pigea la première, la retourna pour y inscrire son numéro de téléphone.

— Je peux vous dépanner, d'ici la rentrée des classes. Je connais bien cet endroit, c'est une location de mes grands-parents. Ils habitent en face. Ça nous fera un nouvel ami, Fres-no.

Elle me fit le clin d'œil : "Ce prénom est une blague." Elle avança d'un pas, en tendant le carton glacé et à mon contact m'offrit une accolade.

J'ai pris cela pour une invitation, je me suis lové une seconde dans le velours de ses bras, j'ai humé sa peau réchauffée par le labeur qui m'a mis le sternum en feu, j'ai eu le temps de fantasmer un accueil quotidien qui ressemblerait à un tel soleil.

J'ai reculé d'un pas, j'ai ouvert ma paume et elle y a déposé l'offrande de son numéro de téléphone. J'ai ouvert l'autre main pour la laisser prendre ma carte professionnelle.

Un bruit de porte, tel un rideau de scène, a rompu la magie. Le maitre arrivait ; en bon apprenti, je suis allé le soulager du coffre à outils. Je ne sais pas ce que j'ai retenu de cette journée, j'étais enfiévré comme après une insolation.

Je me promettais de revenir à temps pour la messe du lendemain, me convainquant qu'elle assistait à l'office avant de commencer son quart de travail à l'entretien des linges et des aubes. »

François dépose son crayon.

Il se précipite à l'évier et se coule un verre d'eau fraîche. Étourdi par les braises de ce souvenir qui brûlent encore ses lèvres et réchauffent la fournaise de toutes ses tubulures internes, il prend une lampée pour se rafraîchir le gosier.

Il plie le feuillet, ferme les yeux et lui appose un baiser d'au revoir comme s'il le destinait à Isabella. Vieux sentimental, il faudrait pour commencer que tu saches où lui écrire ! Tu connais l'adresse de ses aïeuls il y a trente ans, c'est pas solide, comme piste.

Il faut croire que l'eau déborde de son organisme, il essuie une rigole sur la joue droite. Il regarde son bloc-notes ; il passe la main pour sentir les traces des souvenirs qui creusent et font palpiter la surface du papier.

Un doux chatoiement éclot dans sa cage thoracique, une fraîcheur de jeunesse. « Un compte ! Je vais m'ouvrir un compte sur les réseaux sociaux, je pourrai chercher si elle se trouve sur ces machins virtuels de conversation. Voilà tout un programme ! »

Il rigole comme un adolescent et ce trouble dans sa vision s'appelle la rêverie. Il a noyé sa joie depuis si longtemps, l'émotion cherche à s'écouler comme elle le peut.

Il pose à nouveau sa paume sur le papier, étonné d'avoir mis des mots sur le contour des choses évanescentes qu'il n'arrivait plus à nommer. Il vivait en ermite depuis quinze ans, quand Simone a démissionné de cette vie trop en désordre avec une fille-mère. Telle une lame chauffée à blanc, une injonction lui tatoue la mémoire quand il décompte qu'il a lui-même muré Simone dans le silence depuis son arrivée au Canada, quinze ans auparavant. Elle était déjà enceinte... mais lui ne le savait pas.

Il est temps de transcrire son premier contact avec... Simone.

20

EN EAUX TROUBLES

N'accepte jamais, mon fils, de porter le secret d'un adulte de ton entourage. Sous l'aspect d'une permission ou d'un privilège, tu entres en eaux troubles. La nervosité s'installe, tu révises chacune de tes paroles pour examiner la fuite possible, tu ne comprends pas pourquoi tu deviens une boule de culpabilité. Je vais te montrer la perversion de ces gestes posés par amour, en commençant par une injustice suivie d'une réparation.

La nuit où je me suis réfugiée dans le caisson de l'horloge, j'espérais l'intercession de ma mère, c'était l'heure de ses prières. J'avais presque oublié la peur qui m'y avait conduite, car ma poupée me réconfortait. Mais en poussant mon dos contre la paroi latérale afin d'entrer ma deuxième jambe et la plier avec l'autre *sous mon menton, j'ai entendu un chuintement au-dessus de ma tête. J'ai eu la frousse que le panneau s'effondre et que le mécanisme m'assomme.*

Un petit bout de carton est tombé. Bien qu'il fît sombre, j'ai aperçu le contour blanc d'une photographie. C'était inespéré, un indice, comme un plan de l'île au trésor. Mon imagination s'est emballée. Or, ce bruit à l'intérieur de l'horloge a trahi ma présence. Mes parents étaient à ma recherche, tu peux comprendre à quel point leur humeur était massacrante quand ils m'ont extirpée de là.

Ma mère a tiré sur la poupée pour me happer dans le but d'attraper la photo. Papa a agrippé mon poignet, j'ai ouvert la main sous la pression. Il a confisqué la photo en la glissant dans la poche de poitrine de sa chemise en pyjama. Je pleurais en ramassant ma poupée. Elle perdait du rembourrage sous le bras, la couture ayant cédé.

Ma mère criait de jeter cette guenille moche aux poubelles, « elle porte malheur depuis qu'elle est arrivée au Canada ». Mais c'était incroyable, cette mise à mort : c'était l'unique cadeau de grand-maman Ada et de grand-papa Jacopo d'Italie que je ne verrais peut-être jamais. Encore là, papa a intercepté la poupée et hurlé : « Simone, ça suffit ! Toi, Emma, va te recoucher. »

On a quitté l'horloge et Maman a pu faire ses prières. Papa est venu me reconduire à ma chambre. Moi qui voulais qu'il se rende à SA chambre ! Je ne savais plus à qui faire confiance. Il a fermé la porte et fait le signe du secret avec son index sur sa bouche, en me montrant la vieille photo. Il voulait me la confier avant qu'elle ne soit détruite. Il ne réussit pas à me lire l'endos de la photo, c'était écrit en italien. « Quando si ama, o non si ha dolore, o si ana fini al dolore. » Moi, je savais : « Lorsque l'on aime, ou bien l'on n'a point de peine ou bien l'on aime jusqu'à sa peine. »

Il me recommanda de bien la cacher. « Tu sais, ta mère lave les draps tous les jours, alors oublie le dessous du matelas. Il faut que tu trouves un bon endroit et que tu sois vigilante. Ce sera notre secret. Ce qu'elle ne sait pas ne peut pas lui faire de mal. »

Mon plan était fait : j'allais loger la photo dans le cœur de ma Béa et lui recoudre ensuite l'épaule.

Tu sais maintenant que son ventre contenait déjà un message de grand-maman Ada. Est-ce que tu crois que je me sentais aimée, précieuse, protégée ?

21

IL FAUT SAUVER SIMONE : LE CŒUR OU LA RAISON

Gênes, chiesa di Sant'Agostino. Le lendemain.

Je me fais beau, j'arrive pour l'office du matin et je choisis le dernier banc pour observer à loisir les habitués. Depuis que je suis dans le commerce, je suis entraîné à analyser les signes extérieurs de l'aisance matérielle. Les familles arrivent, les couples et les veuves. Chacun connaît le banc qui lui est attribué.

Je m'agenouille deux secondes et je me signe, avant de caler mon dos dans mon banc. Il fait sombre, j'ai un léger tournis en raison de l'encaustique entêtante, l'encens froid, les mèches de chandelles qu'on rallume, sans oublier les parfums de dames.

Lorsque je lève les yeux, déjà à la recherche de la queue de cheval d'Isabella, je vois de dos un trio qui marche dans l'allée centrale, dont la jeune femme est ainsi coiffée. Elle se dépêche de prendre place dans une rangée, précédant sa mère. Le père lui tire la manche, elle fige et recule sur ses pas. La mère entre la première, humble sous son voile de tête. La fille la suit, tête baissée, et le père ferme la marche. Un homme mince, d'un assemblage de planches, à commencer par un nez taillé à la hache. Un type noueux avec une chevelure drue et noire. Après la génuflexion, la fille se décale vers sa mère. Le père tourne la tête, souriant en cherchant le contact visuel avec sa fille, il l'encadre avec son bras gauche et la glisse plus près de lui. L'épaule de la fille a effectué une rotation rapide et nerveuse, un taon aurait provoqué le même réflexe. Le père a ramené son bras et joint les poings sur son giron.

Les cheveux foncés de la fille sont bien tirés, luisants ou peut-être encore humides. Sa robe blanche est fade ; un modèle à manches longues, à la jupe évasée, à moitié cachée sous une chasuble grise raide à la suite d'un repassage, retenue sans coquetterie par un cordon assez lâche.

Sans faire le vire-vent pendant tout le déroulement de la messe, je suis déçu de ne pas apercevoir

Isabella. J'étais surtout bête de m'être fait un tel cinéma. Et je capitulai en y réfléchissant deux secondes : elle retournait à l'école dans les jours suivants, elle visitait souvent ses grands-parents Bianco, ce n'était pas le profil idéal pour accompagner un homme d'âge mûr qui veut transplanter une jeune épouse au Canada.

À la fin de l'office, je reste bien tranquille et je regarde tout ce beau monde défiler vers l'extérieur. De part et d'autre, les paroissiens se saluent. Le trio tarde à quitter son banc et, finalement, la jeune femme arrive à ma hauteur. Ai-je besoin d'air frais, la tête me tourne et une impulsion de missionnaire surgit à son allure d'oie blanche : et si elle rêvait d'une autre vie ? Il me faut une épouse sage et qui ne s'ennuiera pas de ses parents, au prix de voyages annuels ou pire, d'hébergement du clan en visite pendant des jours et des jours. Je me lève en souriant pour les saluer.

Le sévère Jacopo m'écrase la main en déclamant son prénom, il me présente Ada qui replace son voile, et me confie le prénom de Simone. Je n'ai pas eu l'offrande de son regard vu sa tête inclinée, mais son nez pointu est pâle comme l'albâtre. Elle accepte ma salutation, sans chaleur, sa main gantée dégage une faible aura d'eau javellisée.

Je me souviens alors qu'une Simone prendra en charge le nettoyage des vêtements sacerdotaux dès l'office terminé. C'est elle. Vaillante. Je saurai bien assez vite si elle a un cavalier, mais personne ne l'a saluée parmi l'assemblée qui regroupe une bonne part du quartier. Je la croiserai tous les jours à mon stage, c'est le scénario le plus sage pour vérifier notre compatibilité.

22

ENGAGEMENT ET ENVOÛTEMENT

En cette quatrième rencontre, Luc Drapeau collecte les feuillets tendus par son bon élève et les dépose à côté du cellulaire qui lui sert de chronomètre. Une page titre retient le tout avec une pincette. Le thérapeute lit à voix haute :

— « La vie de Simone a commencé par son voyage avec moi, vers le Canada. »

Il craque un petit rire et ajoute :

— C'est bien tourné, vous avez mis du soin à votre devoir écrit, François.

La flatterie détend son patient et allume un éclat de curiosité dans ses pupilles.

— Dites-moi, François, que faisiez-vous comme métier avant de lancer votre atelier ?

François écarquille les yeux, dérouté par la tangente de l'échange. Puis il plisse les yeux, l'air moqueur.

— J'étais devenu le responsable du marketing dans une fabrique de meubles usinés. Je connaissais bien les produits, pour avoir été un ouvrier curieux d'obtenir du perfectionnement en gravure et sculpture du bois, afin de raffiner chaque item qui pouvait l'être. On faisait accroire aux acheteurs que leur mobilier serait personnalisé grâce à leur sélection : motif des pattes, essence du bois, tissu de recouvrement ou capitons de coussins... La plupart du temps à partir des échantillons industriels du commerce, soyons clairs là-dessus.

Le thérapeute hoche la tête, complice.

— Merci, ça m'éclaire au sujet de votre aisance à la rédaction. Votre connaissance des comportements est essentielle à votre nouveau commerce, n'est-ce pas ? La fabrication sur mesure est coûteuse, vous devez comprendre les motivations des clients pour déclencher la commande et nourrir le désir d'appropriation jusqu'à la livraison...

François aiguise son regard, doutant qu'il doive argumenter. Il passe la langue sur le rebord supérieur de sa lèvre et attend la suite.

Le psychologue reprend la liasse des feuillets en main et tourne la page titre. Il lit : « Soyons clairs : son voyage avec moi, l'horloge de la famille en prime. » Il lève les yeux, l'air neutre d'un enquêteur.

— Vous avez dû être convaincant pour amener Simone à vous suivre, avec l'accord des parents, étant donné le court laps de temps de votre stage.

— Disons que Jacopo était plus énervé que sa femme Ada. Je ne sais pas pourquoi, peut-être la demande trop humble de Simone d'emporter un meuble en remplacement d'une dot ou du financement d'un mariage ? Suspectant une question d'honneur dans leur culture, j'ai laissé couler.

— Comme si le meuble représentait un membre de la famille ou le témoin de sa vie passée ? Vous êtes bien placé pour apprécier cet attachement intergénérationnel, j'imagine. Pourquoi cette horloge vous est-elle devenue insupportable alors qu'elle semblait essentielle à l'équilibre de Simone ?

— Parce qu'elle me ramène au pacte qui... qui me lie à cet objet de malheur ? Je suis un homme d'honneur, je n'allais pas manquer à ma parole.

Luc hausse un sourcil, dépose le manuscrit sur la table et niche son menton dans ses poings.

— Alors, vous étiez consentant pour vivre avec cette horloge dans votre demeure. Pour le meilleur ou pour le pire, pourrait-on dire. Cela remue quelle émotion ?

François se sert un verre d'eau à partir de la carafe au centre de la table, prend une gorgée et reprend, la bouche encore sèche :

— Pour faire un bon texte, j'aurais dû ajouter : « J'ai transplanté une nouvelle épouse et l'horloge de ses aïeuls au Canada, les deux ont tourné patraques. » Si ce n'était qu'une question de piété, j'en serais moins exaspéré, quoique c'est délirant à la longue. Bon... j'ai consenti à sa requête parce qu'elle a consenti à la mienne... un peu moins vertueuse.

François s'interrompt comme pour vérifier qu'il a toujours l'attention de son thérapeute. Celui-ci le rassure.

— Je vous écoute. Continuez...

— Aujourd'hui, on pourrait me qualifier de malhonnête sur la place publique, mais à l'époque... J'avais déjà 42 ans, je voulais une famille et repartir vers le Canada où les ébénistes-artisans étaient rares, donc convoités. Bon... je cherchais une petite femme sage, travaillante et obéissante...

François relate d'une traite, sans respirer, que les yeux de Simone brillaient au mot « Canada » et que ça voulait dire « nouveau départ » selon lui. Rassuré qu'il n'y ait pas un petit Giovanni ou Marco à qui elle était promise, il lui a parlé du confort, de sa fidélité et de leur future sécurité financière à la condition qu'elle lui donne une famille. Comme elle ne répondait pas, il a enchaîné avec sa proposition de coucher au moins une fois ensemble pour... tester leur compatibilité. Lui faire comprendre ce qui l'attendait, quoi...

Après avoir griffonné quelques mots, le théra-peute relève la tête.

— Et que vient faire l'horloge, là-dedans ?

— Sa monnaie d'échange, vous ne pensez pas ? Elle m'avait accordé ce que je demandais sans discuter, je me suis empressé de rendre la pareille. Donnant-donnant.

Le thérapeute délaisse le texte, vierge de cette explication tortueuse.

— Quand vous me racontez cela, s'agit-il d'une confession ou d'une transaction ? Et d'après votre texte, la relation de couple s'avère décevante dès qu'elle apprend qu'elle est enceinte. Avant de vous engager, vous n'aviez pas eu la curiosité de connaître la provenance et l'histoire de l'horloge, vu qu'elle marchandait un tel objet en échange d'une union légale ?

— J'ai accepté, les yeux fermés, je craignais qu'elle dévoile notre... euh, tractation. Elle avait dit Va bene*. Donc elle avait consenti, mais elle ne souriait pas, ni avant ni après. Et elle ne s'était pas laissé embrasser, cela augmentait l'ambiguïté, non ? En tout cas, sa mère Ada était d'accord, elle précisa qu'ils n'avaient pas les moyens de voyager au Canada pour une cérémonie de mariage. Une façon délicate de me dire qu'on n'allait pas fêter notre union à l'italienne. Ensuite, en glissant son bras sous celui de Jacopo, elle lui serra le poignet bien fort. Quand le bonhomme a soupiré, j'ai compris qu'il donnait son accord. Tiens, ça me revient, il a dit : « un meuble unique ». Il n'avait pas à s'inquiéter, avec un ébéniste-artisan comme moi, je saurais en prendre soin. J'avais scellé un engagement. Que sera sera !

— Que sera sera ?

François ouvre ses mains, paumes vers le bas, accroche ses deux pouces pour mimer l'envol d'un oiseau en agitant doucement les doigts. Un sourire furtif calque son visage.

---

*   Va bene : D'accord, sans enthousiasme, avec résignation.

— Comme la chanson de Doris Day, le jour de notre mariage à la mairie. On ne connaît pas l'avenir, il faut laisser aller sans chercher à tout comprendre, la vie est devant. Et moi qui pensais contrôler mon destin, j'étais accablé d'un étrange envoûtement, sans le savoir.

23
QUE SERA SERA

Il parait qu'en toute cérémonie de mariage, le doute vient troubler le cœur des époux devant le vertige de l'avenir et le serment permanent.

Simone dira oui à Fresno-François qui a tracé une ligne de temps et posé les jalons de sa nouvelle vie, à commencer par une épouse et un bébé.

Simone n'a suggéré aucune chanson préférée pour la cérémonie du mariage. À la mairie, la radio d'ambiance diffuse Que sera sera avant que le juge exige — lui aussi — le silence sur la vie d'avant pour mieux consacrer la vie devant.

Une chanson née avec elle, en 1956.

Comme si c'était toujours mieux d'avancer.

Avancer les pieds dans le vide, voilà le malaise de cette chanson. L'adulte ne peut rien pour rassurer l'enfant qui grandit : beauté, richesse ou pauvreté, talent artistique et arcs-en-ciel ? L'enfant devenu adulte perpétue les réponses creuses à son tour.

Et il profère parfois d'autres insanités comme « tu ne mourras pas de ça, ma fille » ou banalise l'affront avec « tout ce qui ne tue pas rend plus fort. »

Simone aurait tout donné pour reculer le temps, lorsqu'elle était allaitée par sa mère, tout petit bébé contre ce tam-tam à l'origine de la vie, sans personne d'autre pour la toucher. Mieux, jusqu'en ce cocon aqueux, pendant qu'aucune main humaine ne venait déranger son temple. Meilleure encore serait l'époque où elle n'habitait pas encore sa peau : un maillon de l'univers du vivant, un électron libre.

Simone n'a pas la peau tranquille. C'était le terrain de bataille d'Ada contre la saleté, celui des prêtres contre l'impureté, car la chair est faible, puis celui de Jacopo contre la coquetterie puisqu'elle était l'unique fillette à son seul papa adoré. Elle déteste être une fille qui ne peut être ni belle ni regardée, à qui on dicte sa destinée, à qui plaire... en silence.

Comme la Vierge Marie, elle s'enveloppera de tissus blancs retenus d'une corde, elle fera la muette, yeux fermés ou mi-clos à imaginer le Paradis parce que voir le monde tel qu'il était, c'est triste à mourir. Et ça pouvait être douloureux de mettre un enfant au monde, quand personne ne croira jamais à l'identité du père.

Alors elle épousera les yeux fermés ce « Fresno » qui veut un bébé, qui a l'âge d'être son père et elle émigrera. Il commencera sa vie de rêve et le Canada s'annonce comme leur Terre promise. Surtout, ses propres parents ne peuvent pas lui faire rater cette bifurcation inespérée. Le temps menaçait d'égrener des semaines de hantise où le silence n'allait pas rendre invisibles les nouvelles courbes de son corps. Son père et sa mère savaient sa condition, elle n'avait pas cuisiné la soupe-sang depuis deux mois.

Voilà le malheur de déifier le temps, en acceptant qu'il soit toujours préférable d'avancer.

Elle dira oui, parce que l'exil sur un autre continent, au bras d'un époux, peut museler les mauvais souvenirs, la sale poussière qu'on laisse derrière soi en frappant ses semelles sur le paillasson de la maison qu'on déserte.

Elle emportera l'horloge : l'heure avance, infatigable et stable, légère d'ignorer ce que sera demain. Aux coups de la onzième heure, Jacopo mourra un peu chaque soir de ne plus cajoler sa bambola en disant Va bene et en exigeant l'écho Va bene.

Et de l'autre bord de la mappemonde, Simone cherchera à faire mourir en elle la bambola, avec laquelle était mort-née l'innocence.

24
IMPÉNÉTRABLE

Il ne faut pas en vouloir à François de ne pas saisir les signaux trompeurs d'une femme piégée ni les détours qu'elle emprunte pour éviter d'être démasquée.

Dès la traversée, la jeune mariée avait accusé le roulis pour ses malaises. Mais c'était l'écume salée qui réveillait en elle de pires souvenirs, lui rappelant les miasmes du sperme qui lui collait au corps entre deux bains aseptisants. Les parfums artificiels des passagers, les exhalaisons âcres des cigarettes françaises et la douceur écœurante des cigares sur le pont : l'exubérance de tous ces hommes s'amusant l'indisposait. Elle s'excusa, se réfugia en cabine, enfila jaquette et bonnet comme une armure. Elle s'allongea, tournant le dos au

hublot, pour ne pas aggraver le vertige qui trou-
blait son âme. Ce voyage en captivité lui fut
odieux, sans l'intimité d'une salle de bain privée.
La voilà privée de l'eau tiède agrémentée de bicarbonate de soude, qui lui aurait fait tant de bien ;
elle avait appris ses vertus désinfectantes pour un
bain de siège et augmentait la dose de jour en jour,
en espérant naïvement une grande purge.

Au débarquement à Montréal, elle préféra
attendre dehors, assise sur un banc pendant que
François s'occupait du dédouanement de l'horloge. Le déménageur, ponctuel, transporta le
meuble jusqu'à la maison familiale des Boissonneault héritée par François. L'horloge put trouver
sa place au salon, là où Simone la voulait, non sans
bousculer une étagère qui protesta de toutes ses
jointures en se faisant ainsi déplacer.

Épuisée, elle murmura qu'elle n'avait pas
faim : juste un bain, une tisane, puis le lit après ses
prières.

François aurait préféré la rejoindre au lit sans
tarder. Il déposa les valises dans leur chambre et
annonça qu'il devait faire quelques courses pour le
petit déjeuner du lendemain. À son retour, il tenait
un bouquet de fleurs coupées, un duo de lys calla
trônant au centre, symbolisant un couple virginal :

sa modeste tentative pour inaugurer leur lune de miel, maintenant qu'ils ont retrouvé la terre ferme.

Pauvre François. Son choix s'était porté sur ces symboles de vie et de fertilité, séduit par leur parfum entêtant, comme si ces fleurs pouvaient incarner la promesse de paternité et cette virilité herculéenne qu'il s'imaginait posséder, lui qui se croyait dans la fleur de l'âge.

Il aperçut Simone, sortant de la salle de bain, dans cette tenue paysanne qu'elle portait pour dormir dans leur cabine sur le bateau. Les yeux écarquillés, elle dut se pincer le nez, faire volte-face, claquer la porte et vomir dans la cuvette. Il l'entendit grogner : « Jette-moi ça dehors, l'odeur est insupportable. Ça y est, c'est certain : je suis en famille. J'ai mal partout, dedans comme dehors. »

La patience s'avère une affaire d'endurance. Elle se dévoile progressivement : un renoncement après l'autre, un refus, puis un évitement. François se dit que leur intimité s'épanouira plus tard, à un autre stade de la grossesse. Puis, sondant son espoir, il tempéra : « Après la naissance du bébé, peut-être. »

Pauvre François, sitôt informé, sitôt mis à l'écart : ni actes de chair, ni cours prénataux, ni visites gynécologiques. Simone exigeait l'anesthésie générale pour s'effacer pendant l'épreuve. « Les médecins sont formés pour ça. » Si le fœtus s'avérait non viable, ce serait la Volonté divine. Et si l'enfant naissait handicapé, mieux valait abréger ses souffrances. « François, tu es trop vieux pour ce fardeau, et ne comptes pas sur moi. J'ai rempli ma part du marché. »

Certaines paroles blessantes glissent quand le cœur est ivre d'espoir. Face à l'exploit d'un enfant conçu « du premier coup », François jura d'en prendre soin, malgré les exigences de son entreprise naissante. Il avait, après tout, coupé Simone de ses racines et l'avait transplantée dans ce quartier où tout se déroulait en français ou en anglais. Pour se donner du courage, il s'imaginait veuf : d'autres hommes avaient emprunté ces chemins, pourquoi pas lui ? Le bonheur, selon sa conviction profonde, passait par la paternité. Un contrat pour l'éternité !

Au fil des semaines, François comprit qu'il n'assisterait pas à l'accouchement puisqu'il s'agirait d'une opération. Il épargnerait à sa pudique épouse d'être vue durant cette épreuve frôlant la mort, comme le décrivaient la plupart des primipares qui accouchaient conscientes. Simone semblait sereine face à l'éventualité d'une convalescence ou d'un deuil, rythmant chacune de ses journées par ses prières du soir, avec un zèle tout militaire à onze heures.

Quand les eaux se rompirent et que les contractions commencèrent, François s'excita comme un enfant la veille de Noël, sans s'interroger sur le nombre exact de mois écoulés. Prévoyante, Simone avait préparé trois ensembles de ses vêtements de nuit immaculés — comme d'autres femmes faisaient un petit bagage pour éviter les blouses d'hôpital impersonnelles et mal ajustées. François avait dû obtenir des infirmières la promesse qu'elles l'aideraient à enfiler ces vêtements et à les attacher exactement comme elle le souhaitait.

À la suite de l'évacuation, pendant les trois jours d'hospitalisation prescrits, Simone fut affligée de saignements particuliers et contrainte au port de couche-culotte. On lui accordait un léger calmant. François apprit du personnel infirmier qu'elle était la seule parturiente à ne pas se plaindre de cette isolation, privée de son bébé. Elle était si affaiblie qu'elle avait renoncé à prendre dans ses bras sa fille aux joues potelées, à la suite d'un accouchement qui avait nécessité une épisiotomie pour garder ouverte la porte vers le monde.

Le jour du retour, la nervosité de Simone resurgit avec l'arrêt des calmants et l'angoisse de manquer de couche-culotte. Malgré la confirmation d'une bonne cicatrisation, l'infirmière qui préparait le bébé lui remit une bouteille graduée munie d'un embout qui ne ressemblait en rien à un biberon. Elle lui expliqua méticuleusement comment nettoyer son périnée au-dessus des toilettes, en expulsant l'eau de la bouteille par pression, pour obtenir des jets successifs, de l'avant vers l'arrière. Face au regard horrifié de la nouvelle mère-patiente, la soignante lui conseilla de surveiller elle-même sa guérison les jours suivants, en utilisant un petit miroir pour examiner son vagin après la toilette. Elle précisa qu'après la chute du dernier point de suture, une fine ligne rougeâtre pourrait persister avant de blanchir avec le temps, comme chez toutes les femmes ayant subi une épisiotomie.

Simone n'en ferait rien, elle exécrait tout miroir. Sa queue de cheval, elle la faisait machinalement, sans se regarder. Son corps, elle l'ignorait, surtout ces replis-là. Si l'infirmière avait été attentive aux yeux embués de Simone, elle y aurait lu l'incrédulité puis l'horreur, elle aurait compris que la jeune femme cherchait à rebrousser chemin vers les limbes. Sa naissance à titre de mère, pour la vie, lui paraissait injuste et insoutenable.

Une fois rentrée à domicile, il n'était pas question de gaspiller. Il suffisait d'adapter ses jaquettes-montgolfières autour de son ventre, maintenues par un lacet sous la poitrine, auxquelles elle avait ajouté une réplique aux hanches. Cet arrangement permettait à son ventre de se rétracter progressivement tout en dissimulant le frison à la taille, créé par le cordon ajustant sa culotte aux jambes longues, chacune terminée par un élastique aux chevilles.

François renonça à la vague représentation de Madone, elle s'était amorphisée en chrysalide. Et gare à qui voudrait la défroisser. La mue serait connue d'elle seule et, rappelons-le, on lui a interdit de parler.

25
INSONDABLE

À la suite de la naissance de la petite, François déversa tout son amour sur le bébé fille. Ou disons que le nourrisson lui pompait tout son amour vu que sa mère n'osait le toucher. François l'aima pour deux. Simone s'abstint de soumettre des choix de prénoms, elle cultivait le détachement. Emma s'imposa au cœur du père aimant pour appeler sa fille.

François multipliait les sourires et cherchait en vain, sur ces joues rebondies, une fossette pour sceller la marque de la continuité, sa lignée.

Épuisé par les nombreux allers-retours au berceau la nuit, il en vint à mépriser sa jeune épouse dépourvue du besoin de couver, de surveiller la quantité du lait ingurgité et dégobillé, de s'inquiéter d'une respiration irrégulière du poupon, bref cet instinct maternel que décrivaient à profusion les magazines et les émissions télé.

Quand le duvet du bébé fit place à des cheveux soyeux, mais obscurs, la nouvelle mère a murmuré « les cheveux du diable » et elle a muté. Simone, l'huître. Elle suintait la nuit, parfois son oreiller gardait les cernes de l'œil coulant pendant le sommeil et un bain des yeux s'imposait pour libérer ses paupières des mucosités collées. Elle demanda qu'on lui achète des bandeaux de sommeil. Blancs. Et des bonnets pour la tête de la petite. Blancs. Ils devinrent une constante dans le bac à lessive, s'ajoutant aux autres obsessions de propreté confiées au saint bicarbonate de soude.

Tout le sel des larmes servirait-il à distiller une souillure pour la condenser en un grain de sable, à désagréger une saleté jusqu'à sa composition moléculaire ? L'huître ne dissout pas la grenaille qui a violé son intimité, elle la couve, en adoucit les aspérités avec un instinct de protection, obsédée à réparer son étanchéité. Elle en crée une perle.

Emma perçait ses dents et gazouillait en réponse aux stimulations de son père. Pendant la

première année de cette nouvelle famille, Simone
déambulait comme un fantôme sous ses vête-
ments-draps, portant sa bouée de chair et déve-
loppant une forêt de poils sombres sur son corps,
rempart contre l'attirance charnelle.

26
LE FRUIT POURRI

Mukamana* est la préposée attitrée à Simone depuis son internement. Elle a reçu, de l'équipe médicale de la résidence, une copie du formulaire signé et une lettre très particulière d'un médecin pour obtenir un échantillon sanguin de Simone Ruffo Boisson-neault. Elle fera la ponction au cours de son traite-ment Douceur tantôt.

Un test génomique de filiation, ça sent le pourri. Mukamana en connaît un rayon sur les lignées cassées qui racontent des brisures à la pioche dans le corps des femmes et des enfants, y

_____

* La signification rwandaise du prénom : celle qui est aimée, celle qui est chérie.

laissant souvent une bombe à retardement. Un bâtard à naitre dont le nom maternel sera mort lui aussi ou un bébé monstre à donner en adoption ; parfois une paire de mains dociles pour tuer ses semblables quand on l'a façonné en enfant-soldat. On n'a plus son vrai nom, on se fait mépriser ou maltraiter.

Mukamana connaît ces femmes et ces enfants éclopés, éprouvés par la guerre. Ils étaient autrefois épargnés, comme les monuments et les instituts culturels étaient respectés des tirs de mortiers. Puis d'un coup, tout est bombardé pour ébranler : votre histoire et votre identité ne comptent pas. Ensuite, les écoles et les hôpitaux : votre éducation et votre survie ne comptent pas.

Le viol et le harcèlement des enfants et des femmes sont des armes de guerre, le terrain est toujours miné. En temps de paix, exécuté dans des maisons normales, ils sont habillés de nouveaux mots. Dans l'intimité du foyer, le résultat est ignoble, innommable, inoubliable, incestueux. Votre espoir et votre avenir ne comptent pas. La haine et l'abus vous transforment en chose, au service d'un combat pour la justice, la vérité ou la guérison ou encore pour sauver votre peau, jusqu'à demain. Cette chose guerrière n'est plus capable d'amour. Parce que l'abandon et la confiance, trahis dans la chair et dans l'âme, sont des cendres froides et rances qui collent aux dents, à la gorge, aux parois du cœur et autres replis du corps qu'on apprend à détester. La suie de ces blessures coupe l'appétit, suinte à travers les pores de la peau, rend le cheveu terne et l'œil délavé de tant de pleurs. Il faut tout aseptiser, expulser ou expurger.

Devenir victime n'est jamais un choix, c'est l'impuissance qui éteint l'âme et intoxique votre foie. Vous broyez du noir en regardant pâlir votre existence, vous soignez votre odeur, pour la rendre la plus neutre possible, afin de sauver votre normalité au contact des autres. Mais la frustration se nourrit d'acidité, laquelle alimente la colère. Alors il faut apprendre à museler cette dernière pour ne pas exploser. Dissoudre du bicarbonate de soude dans un verre d'eau réduit l'acidité du sang ; certaines personnes s'en font une autoprescription de survie. Nettoyer le corps et l'habitat avec la même solution, annuler chimiquement les pensées par les médicaments-bonbons et prier par surplus de précautions.

Mukamana reconnait la hantise de propreté qui cache un déshonneur de pureté. À l'examen

psychosocial, au moment d'accueillir Simone
comme résidente, les trois feuilles rédigées d'une
main serrée par le conjoint déclinaient avec détail
les procédures maniaques de sa femme pour laver
son corps avec ses vêtements de nuit, ses vêtements, ses dents-bouche-gorge-intestins. Le tout
accompagné de deux boîtes, dont un format
destiné à la consommation alimentaire, afin de
répliquer les achats pour éviter toute crise
nerveuse. Mais aucune trace écrite dans la case
Préférences « mets, chansons, choix de lecture ou
de musique ». Simone, née à Gênes en Italie,
immigrée à 19 ans au Canada... Un schéma
atavique : quitter le sol de l'abus et ne jamais y
retourner. L'enfermer dans un plan parallèle de
l'existence.

Au fil des soins du corps sur plus de quatorze
ans, Mukamana a accompagné Simone sur le
chemin de l'apaisement. Dans les premiers mois,
la médication pour la neurasthénie rendait Simone
somnolente, quasi inconsciente. L'infirmière en a
profité pour remplacer graduellement le bicarbonate de soude par le sel d'Epsom sans parfum pour
le bain. L'effet thérapeutique sur le tonus muscu-
laire et l'effet de douceur sur la peau détendaient
le visage de la patiente et dépouillaient son

sommeil des spasmes musculaires d'antan. Puis, elle a peu à peu retiré les tissus encombrants des habits de nuit pour que l'eau bienfaisante enveloppe et soulage l'épiderme. Pour sa propriété déodorante aux aisselles, elle a appliqué la même recette de substitution progressive avec du talc pour bébé. Cette fragrance parmi les odeurs originelles de la vie avec oxygène et bruits tirera graduellement de la mémoire ancienne l'état d'abandon au stade du bébé vagissant, dépendant des mains caressantes, nourrissantes, aimantes.

Selon Mukamana, quand on n'a plus rien à perdre, on est libre. Son œuvre humanitaire auprès des patients qui logent ici, en loques à leur arrivée, en langes à leur grand départ, fleurit par touches successives. Sa main apposée sur la joue quand la dormance arrive : le cerveau enregistre cette sensation de protection. Quelqu'un veille sur moi. Une ritournelle murmurée sans mots, simple et sensible pour calibrer le battement cardiaque. Quelqu'un reconnait mon humanité. Les chuchotements de proximité, ma chère, ma chérie, mon chou, mon chouchou… Quelqu'un m'aime. Son chemin-Douceur fait revenir, en amont des affronts, l'état salutaire de la vie-promesse, à force de câlins, de sonorités qui rappellent le flottement insouciant de la gestation. À la frontière de la vie et de la mort, l'âme choisit sa destination : un jour à la fois ou une autre vie dans une nouvelle enveloppe humaine.

Pour le moment, Mukumana accueille les sourires-réflexe du sommeil de Simone comme des étoiles dans son cahier d'aide-soignante.

C'est à dessein qu'elle réchauffe sa gorge pour fredonner le guhumuriza, la voix qui calme, pendant qu'elle insère la seringue dans le cathéter pour soutirer une fiole de son sang.

Elle pose sa main chaude sur la joue de sa patiente et parle doucement.

— Chacun veut raconter son histoire, chou-chou. La confession, c'est le secret des secrets. La consultation psychologique, c'est un secret professionnel. La confidence aux parents qui préfèrent l'aveuglement, c'est la trahison qui est doublée du fardeau du secret des monstres. Mais quand on raconte son histoire, on veut se faire entendre, on veut que l'autre y croie. La douleur n'est pas une invention, elle doit être reconnue et validée. Je t'aime et tu mérites tout l'amour du monde.

Sur le flacon, elle pose l'étiquette datée au nom de Simone Ruffo-Boissonneault. Par la science, ce petit obus fracassera l'hypocrisie, le fantasme, la manipulation des faits.

— C'est ton tour, ma chérie. Ton sang parlera vrai. La vérité sera ton plus blanc vêtement, ta paix sera une aura pure, exempte de secret, de sueurs et de suie. Simone, ma mignonne.

Identité, intégrité, innocence.

Imana iguane umugisha.

Inch Allah.

Amen.

Que sera sera !

27
LA LITURGIE DE
LA DOULEUR

L a lèvre supérieure de François se retrousse. Il s'impatiente de raconter ce qu'il a rédigé avec réflexion et effort, là, sur le papier. Mais le thérapeute insiste :

— Racontez-moi un moment précis où vous avez tenté de creuser l'histoire antérieure de Simone.

Il avait pris la peine de noter un souvenir à propos du « son », ce qui le conduit à l'époque où les onze coups de l'horloge daignaient réguler Simone. Et du ton avec lequel elle échappa des allusions à son vécu en Italie. Des poussières qu'il avait aussitôt balayées sous le tapis...

– Pendant son huitième mois de grossesse, j'ai vu Simone prendre ses précautions pour s'installer devant l'horloge, dans sa jaquette grande comme une tente et sa culotte longue faite du même coton blanc. La position agenouillée, c'était bon pour un premier segment du cérémonial. Avec son surpoids, son fessier prenait désormais appui sur ses talons, une posture confortable. Mais je savais qu'elle enchainait avec la pause du pénitent pour une bonne dizaine de minutes, en plaçant son front contre le sol, les bras allongés de chaque côté de sa tête. Ça me paraissait contre-indiqué pour le bien-être du bébé dans son ventre.

Voilà que l'horloge a égrené ses sons. Avec douceur, j'ai posé une main sur son épaule pour attirer son attention. Un réflexe, peut-être, mais cette épaule a effectué une rotation rapide et nerveuse et je me suis rétracté, comme si j'avais manqué de pudeur. Quel désappointement, je voulais porter secours à la mère et à l'enfant qui prenait du volume, après tout. Je lui ai dit : « Simone, pendant que tu as ton gros ventre, pourquoi n'irais-tu pas plutôt à l'office de onze heures le matin ? Tu verrais du monde, tu pourrais t'agenouiller sur les coussinets du prie-Dieu ? »

Simone gardait l'œil rivé à l'horloge, le déversoir des résonances et la trotteuse poursuivant leur course et moi , je l'embêtais avec mes suggestions. Avant que j'aie formulé un autre mot, elle m'a coupé.« Alors toi, tu sais ce qui me ferait du bien, vraiment ? Tant mieux pour les autres, qu'ils se portent bien d'aller à la messe. L'église n'a pas pu m'aider. Je fais ce que j'ai à faire. Je dois être forte, un jour à la fois. »

Je n'arrivais à rien pour contrer cette détresse languissante, je craignais surtout que ça affecte l'humeur ou l'attitude du bébé. Il m'est venu une idée pour la faire sourire. Lui dire qu'elle y allait, quand elle était jeune, d'ailleurs c'est là qu'on a fait connaissance...

Le psychologue lève un doigt, pour se faire accorder une intermission.

— Ça rappelle la méthode des intoxiqués ou des alcooliques, leur programme « Prier, un jour à la fois ». Je peux me tromper, mais je transpose, pour Simone, l'assuétude à ce rituel de la prière, si c'est bien ce qui se passe au pied de l'horloge. Ça me semble un conditionnement, elle appelle une guérison ou un pardon, qu'en pensez-vous ?

— En plein dans le mille ! Je n'aurais pas pu mieux le formuler, mais oui, sa dépendance était cette prière mortifiante, tous les soirs. Tout accroc entrainait une crise de manque, une perturbation incommensurable.

Le thérapeute lève encore le doigt et renoue avec le témoignage émotionnel recherché.

— Quand vous avez évoqué le jour à l'église où vous aviez fait connaissance, quels propos ou quels sentiments sont remontés ?

François s'adosse, un peu dépité.

— J'ai déjà décrit ça, noir sur blanc. Je vous ai remis mon devoir...

Le praticien tire le pli de son pantalon, sans se démonter.

— L'exercice a pour but de faire remonter votre affection initiale. Je suis certain que vous avez dressé un récit respectueux. À partir de mes questions, vous puisez directement à ce qui est profond dans votre relation, c'était ça le but du devoir d'écriture. Maintenant, dites-le-moi, avec les mots qui surgissent immédiatement.

— J'avais beau lui parler d'église où se regroupent les bonnes gens, elle ne me regardait pas. Je la retardais sur son horaire, l'horloge avait retrouvé son silence. Mais j'entends encore sa voix, revancharde, comme une écharde sous-cutanée qu'on ne déloge pas et qui entretient un lancinement. Elle a sifflé entre ses dents : « Un enfant, ça obéit aux parents. Les parents se pavanent comme de bons parents. S'ils croient que se montrer à l'église les rend normaux, ils y vont. S'ils croient qu'on doit remarquer qu'ils se débrouillent bien dans la vie, ils enfilent leurs beaux atours. Chez nous, c'était l'inverse : pas de fanfaronnade, on utilise tout, on réutilise tout jusqu'à la corde. La vie ne tient qu'à un fil. »

Le thérapeute relance François.

— Lors de votre rencontre à l'église, Simone portait-elle un parfum, un bijou ?

— Encore là, je vous l'ai écrit. Elle était vêtue d'une robe de coton blanche dont les fibres étaient ternes de tant de lessives, sous une chasuble grise, retenue aux hanches par un simple cordon. Un dénuement, digne d'un serment de pauvreté. Tiens, pendant qu'on parle d'église, elle avait l'air d'une novice qui préparait ses vœux plutôt que d'une fille excitée d'être remarquée.

Luc garde le silence pendant que François semble ailleurs, perdu dans ses conjectures.

— D'ailleurs, je réalise en vous parlant que le tissu gris a probablement été réutilisé pour coudre l'enveloppe de la poupée-chiffon que sa mère Ada lui a envoyée à l'annonce de la grossesse. Ça pourrait expliquer qu'elle l'ait pris en horreur, du coup. Et si ce n'était pas tant un cadeau de bienvenue à la vie qu'un boulet du passé ? Quand on a reçu la poupée, Simone l'a remisée dans le tiroir avec les langes. C'est à mon insistance qu'on l'a sortie de ce cachot pour la mettre entre les mains de la petite, mais il a fallu attendre que la phase du biberon soit finie.

Le thérapeute griffonne dans les marges d'un feuillet.

— Vous connaissez la raison sous-jacente à cette décision ?

— Sous prétexte qu'elle ne pourrait laver ce tas de guenilles à répétition, l'accès au berceau lui a été interdit. Vous avez lu tout ça, son obsession du lavage... J'ai écrit trois pages sur le bicarbonate de soude. Mais Simone détestait la poupée encore plus que la saleté, je ne peux pas en dire plus. J'ai d'ailleurs raconté comment la fameuse soirée du refuge d'Emma dans le caisson de l'horloge s'est terminée... La bambola ne tenait qu'à un fil.

28
LEVER LE VOILE

François a créé son compte sur les réseaux sociaux avec le pseudonyme Fresno. Son clin d'œil à « Chêne fort » est tout indiqué pour le petit plan qu'il a en tête et qui fait scintiller ses yeux comme des phares à haute intensité.

Le voyage dans le temps que son thérapeute lui impose a aussi ravivé un parfum de légèreté. Et l'Italie n'est-elle pas la cathédrale des parfums ?

D'abord, vérifions l'historique des consultations d'Ezio, ou plutôt de Pinocchio.

Il y repère des liens vers l'interprétation des contes de fées et les versions ésotériques de leurs déclinaisons. Pinocchio est un personnage qui le fascine vraiment, on dirait. Plus étranges, les résultats de l'outil de traduction de l'italien vers le français ont été conservés. *Ah non ! Pas encore des citations religieuses, en quoi les phrases de Saint-Augustin percoleraient-elles jusqu'à mon petit-fils ?*

Il connaît la citation déjà radotée par Simone et Emma : « Quand on aime, on n'a point de peine ou l'on en vient à aimer sa peine. » Il se rappelle qu'elle était recopiée au dos de la photo de Jacopo. Il retourne à sa table de chevet pour récupérer les deux petits carrés de papier glacé.

Toujours au verso de la photo, une autre phrase rédigée de la même main : « Onora el padre e la madre, affinch i tuoi giorni si allunghino sulla terra », devient en français un extrait archiconnu des dix commandements : « Honore ton père et ta mère, afin que tes jours se prolongent sur la terre. »

Il scrute ensuite l'image sainte cachée dans le ventre de la poupée avant son expédition au Canada, probablement par celle qui l'a confectionnée. La longue citation en italien, en surimpression sur des mains jointes, devient un texte tarabiscoté à moins que la traduction en ait empiré le ton ampoulé :

« À force de tout supporter, on finit par tout tolérer.

À force de tout tolérer, on finit par tout accepter.

À force de tout accepter, on finit par tout approuver. »

Il tourne la carte et quatre lignes de texte s'y trouvent, d'une calligraphie distincte. Ada ? Un poème, un refrain de chanson ? Il retourne aux résultats de traduction. Il ne sait quoi penser de ces strophes catastrophes :

« Je n'ai jamais voulu être mère.

Encore moins d'une fille.

Si le Diable vous envoie une fille, que Dieu vous vienne en aide.

Qu'Il vous vienne en aide ! »

La pomme ne tombe jamais loin de l'arbre : telle mère, telle fille. Ada voyait donc le malheur dans l'enfantement et la succession des généra-tions. Quel cadeau empoisonné, cette confection d'une silhouette humaine sans couleurs, sans beauté ! Le ton de Jacopo différait : il savait commander la résignation et l'obéissance. *Ce n'est sûrement pas leur agréable compagnie qui aurait remonté le moral de ma Simone. Dieu merci, on a perdu le contact, on s'en porte mieux.* Mais il doit maintenant savoir s'ils sont toujours vivants.

Puis son plexus s'embrase.

Le principal objectif de sa soirée revient l'habiter d'une chaleur agréable, comme la première lampée d'un scotch.

Sur Facebook, il cherche Isabella Bianco, qu'il a jadis rencontrée à la paroisse de Saint-Augustin. Bon sang, il obtient quatre personnes avec ce nom. Le profil avec une pastille d'identification est parfois un leurre : un visage à contrejour, une tête avec de larges lunettes de soleil, une fleur, un coucher de soleil. Puis, il clique sur chacun en cherchant l'indice du nom de la ville : Gênes.

Il reste un profil. La fleur.

Une excitation juvénile picote sa nuque. Après quelques secondes de pâmoison, il faut réfléchir un peu au contenu du premier message. L'application lui suggère trois questions de contact.

Il revient à son propre profil et décide de remplir les champs de saisie. Il n'a pas de photo avec sa fossette pour se faire reconnaitre, ça commence mal. Comme il fait cet effort pour elle, il prend soin de préciser : marié avec Simone Ruffo, ébéniste-entrepreneur, perfectionnement suivi à Gênes en 1975 à la chiesa di Sant'Agostino. Il remplit la localisation géographique en inscrivant l'adresse commerciale, celle-là même qui figurait sur la carte professionnelle qu'il a échangée contre l'image religieuse sur laquelle elle avait noté son numéro de téléphone. *Sacré romantique ! Tu t'imagines qu'elle a gardé la carte de visite d'un pur étranger qu'elle a croisé il y a plus de trente ans ?*

À son tour, il consulte l'outil de traduction, du français vers l'italien cette fois-ci. Il s'excite de transcrire son premier message à Isabella Bianco :

Ho di nuovo bisogno del tuo aiuto... c'est-à-dire « J'ai besoin de votre aide à nouveau. C'est urgent, je veux contacter Ada et Jacopo Ruffo, les parents de Simone. Fresno. »

29

L'HEURE DES COMPTES

Mon Ezio, mon petit. Je t'ai peu câliné, peu caressé et rarement bordé. Je n'ai pas su prendre position entre les gestes trompeurs des deux adultes qui étaient parents à mon égard. La froideur éternelle de ma mère-statue ou la limérence de mon père-pendule.

Ma mère ne voyait rien de mon tourment, sa vie était prisonnière des psaumes et des terribles apocalypses sur papier vélin. L'enfer était sur terre et au-delà, alors à quoi bon mimer la bonhomie, au quotidien ? Mon père, frustré, venait rythmer ses envies d'être aimé, régulier, quand j'étais vulnérable : à mi-sommeil dans mon lit, dans la baignoire, au cours de mes maladies enfantines. C'est ce que j'ai découvert à travers ma thérapie : mon guide m'expliquait la résurgence de mes souvenirs les plus affreux, au retour à la conscience après l'hypnose. Nommer la source de la douleur, c'est un début, même si on doute que la vérité permette de guérir quoi que ce soit.

Maintenant, je ne peux plus revenir dans tes vibrations. Surtout, souviens-toi que ton grand-père a appris à mentir et à tricher. Méfie-toi, ne fais confiance à personne.

C'est la loi de la survie.

30
LE CHEMIN DE
LA SOUFFRANCE

Luc Drapeau salue son patient ; sur sa table d'appoint, les divers feuillets rédigés par François sont assortis de petits marqueurs.

— J'ai remarqué, à l'écrit et à l'oral, que la plupart de vos descriptions de Simone renvoient, disons... aux propriétés d'un outil dans votre plan plutôt qu'à une partenaire qui allume le désir, le plaisir, le défi amoureux d'une vie de couple.

Le patient change de position sur son fauteuil, puis se gratte la tête en rougissant.

— Notre couple est comme un compte en souffrance : il est resté en suspens... Après la naissance d'Emma, je n'ai pas eu de vie conjugale normale, si vous voyez ce que je veux dire. J'aurais voulu un autre bébé, un fils, au moins.

— La souffrance, tiens, tiens... Parlons de la souffrance. C'est un état prolongé de douleur. Simone est un être souffrant depuis que vous l'avez convaincue de votre plan. Par conséquent, sur le long terme, cela vous rend souffrant aussi, mais pour des raisons différentes. Vous connaissez la différence entre la souffrance et la douleur ?

— La douleur, c'est un coup de poing, la piqure d'un dard, une chute, une crise de foie, un accident, quoi...

— Donc on peut traiter la douleur, c'est un dérangement ponctuel la plupart du temps qui nécessite un traitement, un pansement, un médicament. Mais la souffrance est un long chemin de transformation de nos pensées, attitudes et comportements en raison de son impact continu dans notre vie. Atténuer la souffrance, c'est accepter d'en parler, de reconnaitre sa place, mais de ne pas lui céder toute la place. L'aide thérapeutique, l'accompagnement, est une clé. Sinon...

— Sinon, on est rongé de l'intérieur, on se déteste de tout voir en noir. On évite les gens qui veulent nous secouer... Mais je ne parle pas de vous, là, c'est différent, parce que c'est moi qui demande votre aide, je veux faire le ménage dans ma tête et retrouver la paix.

Bon joueur, Luc Drapeau met la main sur son cœur pour simuler un grand soulagement.

— Alors, maintenant, comment pourriez-vous décrire la souffrance de Simone ?

François se masse la figure et commence à résumer ce qu'il a livré au cours des cinq rencontres. L'assiduité maladive de Simone à ses prières soulève la question existentielle du but ou du bénéfice du rituel. Il lui semblait que Simone ne pouvait s'abandonner au sommeil sans ce détour à l'horloge. Était-ce une dépendance, une dévotion ou un devoir ? Priait-elle pour renforcer sa foi, se purifier de pensées qui l'avilissaient, ou accabler quelqu'un d'une noirceur qui lui appartenait ? Le fait de fuir toutes tâches concernant l'enfant unique était-il un rejet du couple qui l'avait engendrée ? Un dégoût envers la procréation ? Une façon de briser la filiation en décourageant sa fille de fonder une famille à son tour ?

En raison de l'éducation religieuse assez stricte de Simone qui transparait dans leurs échanges, le thérapeute suggère alors que le rituel — plutôt vertueux — est probablement une façon de gérer sa colère.

— Elle est en colère contre qui ?

— Parfois contre soi-même. Pour un dilemme sans issue. Par exemple, détester ses parents est une brûlure qui tatoue l'âme. Les pensées, au repos, voudraient blanchir la situation, faire peau neuve. Alors quoi de mieux que la contrition et le pardon « dans le secret de son âme » ? La prière est un outil trompeur si on l'utilise comme refuge routinier, quasiment hypnotique, sans décoder que c'est le processus d'enfermement qui se nourrit. Détester un parent toxique ou inadapté, c'est difficile à assumer si on ne choisit pas de s'aimer d'abord. Or la Bible enseigne l'amour du prochain et les mille pardons comme la plus grande loi, elle fait du respect absolu du père et de la mère un commandement. Mais où est la réciprocité, de la part des parents ? Plusieurs contes abordent l'abandon d'enfants par les parents ou, à l'inverse, la fuite des enfants en raison d'abus au foyer. C'est le choix héroïque de Peau d'Âne pour échapper à l'inceste, même s'il lui faut avancer dans le vide, dans l'indigence et garder le silence.

— Alors, fuir est un geste courageux pour reprendre sa vie en main, conclut François. Je l'ai aidé à fuir, sans le savoir. Elle m'en veut ou elle ne m'en veut pas ?

— L'art de fuir pour mieux exister en dehors d'un moule ou d'un habit qui ne convient plus, oui ça demande du courage. J'ai une autre observation plutôt embarrassante à partager avec vous...

François hausse les épaules en guise d'autorisation, il ne demande qu'à comprendre.

— Ça fait quinze ans que Simone a perdu le contact avec l'horloge. Elle était dans la trentaine au moment d'être placée. Elle arrive à dormir sans ce passage obligé. Ça vous dit quoi ?

— Qu'elle est soulagée de mon absence ?!? Quoi, c'est moi le problème ?

— Je dirais que votre rôle d'époux fait peut-être partie de ce qui crée la souffrance en continu chez elle : la peur d'enfanter. Simone ne pouvait fuir son propre corps, mais son corps est maintenant hors de danger. Voyez-vous la situation sous un autre angle ?

— Bon Dieu ! C'était la condition de départ, je n'ai pas caché mes intentions. J'aurais dû être plus clair : pour moi, une famille, ce n'est pas réglé avec un seul bébé. Un bébé, ça ne tue pas la vie sexuelle d'une femme, non plus !

— Ce n'est qu'une hypothèse de ma part. Vous pourriez vérifier son état de sérénité auprès de l'équipe de soins.

François se sentit ébranlé d'avoir à évaluer sa vie conjugale. Il se dit qu'il était bien difficile de dater le début du déclin dans son couple, surtout quand il n'y a eu ni flamme ni fou rire pour se souvenir de l'intensité du début. Son point de vue pragmatique d'homme mature, au moment de solliciter la jeune Simone pour épouse, n'avait allumé aucune passion. Elle n'en avait pas développé pour lui non plus. Simone ne cultivait aucune curiosité ni d'entregent avec l'entourage pour embrasser son existence de nouvelle Canadienne. Leur vie commune avait pris une tournure logistique, mécanique. Ce fut pire encore au départ-rupture d'Emma. L'échec devint un vide, une falaise affective dans la maison, car personne n'y apportait son désordre, ses questions, ses commentaires sur le monde extérieur.

31
INTOUCHABLE

À quatorze ans, affolée et transpercée de crampes au ventre, Simone s'éveille dans une moiteur poisseuse et suspecte. Elle s'enroule dans son drap pour dissimuler le sang qui macule sa jaquette, sa culotte et les draps, superposant les tissus pour cacher cette offense écarlate qu'elle ne comprend pas. Va-t-elle se vider de son sang, jour après jour, si ça continue ainsi ? L'idée d'imposer à sa mère Ada ce nettoyage et de subir ses questions la fait mourir de honte.

Le bruit des couverts lui signale que sa mère s'affaire déjà au petit déjeuner. Doit-elle attendre le départ de papa Jacopo pour se confier à elle ? Et si c'était grave ? Peut-être faudrait-il que son père bouleverse sa journée pour l'emmener chez le médecin ? Elle devrait déjà être en train de préparer son casse-croûte avant de partager le petit-déjeuner, ses parents vont découvrir qu'elle n'est pas normale...

— *Simone, è ora di pranzo !*

Emmaillotée comme une pelote de laine brute, elle avance à petits pas, les jambes serrées pour éviter de faire couler un ruisseau sur le plancher. À sa porte, elle agite faiblement la main pour capter l'attention de sa mère. Ses yeux écarquillés sont cernés d'un halo blafard.

Ada s'approche en essuyant ses mains à son tablier. Elle aperçoit la tache sur le matelas, pince légèrement les lèvres, mi-sourire, mi-résignation, et fait signe à sa fille de rester dans sa chambre : « Ti porto un piatto. » Simone ne comprend pas pourquoi elle a droit à un plateau-repas au lit, mais la menace d'un sermon semble écartée.

Sitôt que Jacopo fut parti, Ada rappelle Simone, lui prépare un bain chaud avec deux tasses de bicarbonate pour un bain de siège désin-fectant. La jaquette et la culotte souillées trempent dans ce même mélange blanchissant : deux leçons d'un coup. Pour finir, Ada lui rapporte la housse de matelas et le drap-housse et lui recommande de frotter le tout dans l'eau du bain avant de lancer une lessive. Pendant ce temps, elle ira acheter le nécessaire : « assorbenti igienici » et de quoi « faremo la zuppa ».

Ce jour-là, Simone apprend à porter les protections hygiéniques et à préparer la soupe-sang, comme toute pubescente qui veut tenir son mari à distance pendant ses règles. Avec l'expérience, chaque femme apprend à doser la quantité dans son chaudron de minestrone pour nourrir la maisonnée entre deux et quatre jours.

Les mains d'Ada guident celles de Simone dans la découpe des légumes, le céleri et les carottes en dés minuscules. L'odeur de l'ail doré dans l'huile d'olive emplit la cuisine d'une chaleur réconfortante tandis qu'Ada murmure les proportions : trois parts de haricots blancs pour une de lentilles rouges. Le secret est transmis de mère en fille depuis des générations toscanes.

Simone pense en elle-même qu'elle a intérêt à réussir la zuppa, elle souhaitait tant que cette recette revienne au menu.

— Je suis contente que tu m'apprennes, il y a au moins deux ans que la famille n'en mangeait plus.

Ada remue le fond de la marmite avec des gestes circulaires et paisibles. Elle lui explique

qu'avec la ménopause, les saignements mens-
truels s'espacent puis disparaissent, la phase est
différente pour chaque femme. Elle a donc cessé
de la préparer.

— On est fertile dès l'année où ils
commencent, on ne l'est pas nécessairement
jusqu'à la fin. Prendre congé du devoir conjugal,
c'est notre petite liberté. Aussi longtemps qu'une
femme emplit les bols, les hommes savent qu'il
faut la laisser dormir en paix.

Un sourire fugace traverse son visage fatigué,
et Simone perçoit pour la première fois cette
complicité féminine qui transforme l'infortune
menstruelle en sanctuaire. Ada ajoute le basilic
frais, ses doigts froissant les feuilles pour en libérer
l'essence.

— Ta grand-mère disait que c'était le parfum
de la Vierge qui protège les femmes. Quatre jours
de soupe, quatre jours de paix. Même ton père
n'oserait pas contester la tradition.

L'estomac de Simone se noue à cette mention,
elle voudrait hurler que Jacopo continue de mani-
fester des besoins de caresses, même s'il délaisse
Ada. Jacopo n'est pas son conjoint, comment sa
mère peut-elle lui recommander la soupe-sang
comme un mécanisme de défense ?

La mère poursuit son geste, puis verse le bouillon qui fait frémir les légumes. La vapeur s'élève entre elles comme un voile, créant cet espace où les confidences deviennent possibles.

— Les femmes en rient quand elles sont entre elles, tu sais. Certaines ajoutent un peu plus de chaque quantité, pour gagner une journée ou deux... Personne ne compte vraiment.

Les tomates s'écrasent dans la marmite, teintant le liquide d'un rouge qui rappelle à Simone la tache sur ses draps. Mais cette fois, la couleur n'évoque plus la honte, mais plutôt la reconnaissance silencieuse d'un passage, l'accueil de la fertilité dans cette langue secrète des femmes.

Le soir, quand Jacopo rentre et découvre la soupière fumante au centre de la table, son visage se fige et ses mots habituels s'éteignent. Il file au lavabo se frotter les mains, prenant acte de l'interruption de ses visites nocturnes à la onzième heure et que ses petits jeux deviennent désormais risqués.

Simone manie la louche avec une lenteur délibérée, servant d'abord son père, puis sa mère, enfin elle-même. Le silence s'installe, épais comme la soupe, chargé des règles que personne n'a besoin d'énoncer.

— Simone a appris la zuppa aujourd'hui, je suis fière d'elle, déclare Ada en tendant le panier à pain à son mari.

— Excellente minestrone, marmonne Jacopo sans regarder sa fille.

Cette nuit-là, aux onze coups de l'horloge, Simone tremble, mais nul pas ne s'approche de sa porte. La soupe-sang monte la garde, rempart rouge qu'avec le temps, elle apprendra à étirer pour aménager ces précieuses enclaves de sommeil en toute sécurité. Mais cette tradition, l'apprendra-t-elle à ses dépens, n'est pas une méthode de contrôle de la fertilité.

32

INAVOUABLE

À dix ans, Simone ne sait pas qu'il faut faire attention à ce que l'on souhaite. De retour de l'école, elle étourdit ses parents par son babillage, tant elle s'excite au sujet du nouveau petit chat de Dolores. Elle prétend qu'elle y a droit, elle aussi, étant donné qu'elle n'a ni frère ni sœur avec qui jouer quand l'école est finie. Elle est prête à promettre mer et monde pour mériter qu'on lui confie un chaton bien à elle.

C'est ainsi que Jacopo lui fera sa première visite à la onzième heure. Il répondra à son vœu et elle lui offrira une clé pour son désir. « Reciprocità. Desiderata. »

Il se présente à sa chambre, s'assoit sur le rebord du lit et pose une main sur son épaule. Elle secoue son endormissement. Il fait mine de s'être éveillé lui aussi, en ce début de nuit. Il frotte ses paupières et lui sourit.

— J'ai fait un rêve, peut-être le même que toi ?

Simone se redresse, intriguée.

— J'ai rêvé d'un petit chat. Tu en as parlé beaucoup tantôt, c'est sûrement ça qui a trotté dans ma tête.

Simone met ses petites mains en prière.

— Il était blanc, dis, papa ?

— Eh bien, je rêve en noir et blanc, ça oui, il était blanc. Tu es une petite sorcière, toi, tu as bien deviné !

Simone veut qu'il lui raconte comment le petit chat est arrivé jusqu'à leur maison, s'il avait un nom et...

Jacopo câline la tête de sa fille.

— Tu as raison, tu n'auras ni petit frère ni petite sœur, alors pourquoi pas un chat ? Tu sauras en prendre soin. Tu devras être forte. Il lui faut un seul maître, tu seras sa maîtresse.

Simone applaudit en retenant le bruit, et chuchote « Quando » sans élever la voix, de peur de faire advenir sa mère à la chambre : cette aura magique serait rompue.

Jacopo enchâsse dans ses grandes paluches ses petites mains qui papillonnent pour les calmer.

— Demain, après le travail, j'irai en trouver un. Le soir, je reviendrai te voir à la même heure pour faire le point, à savoir si tu veux vraiment le garder... Si on tarde quelques jours, c'est pénible pour le chaton qui croyait être adopté, tu comprends ?

Il se lève pendant que Simone lui offre un regard brillant de tendresse, qu'il ne verra plus jamais par la suite. Il met un index devant sa bouche pour installer la complicité d'une négociation en cours avant de franchir la porte.

Le scénario du vœu de silence est tout prêt. Demain, il exigera une caresse spéciale, la caresse du soir. Il dira à Simone qu'elle n'a pas à embêter ses amies avec l'arrivée du chaton dans sa vie, tous les papas adorent leur petite fille et lui font un cadeau important pour obtenir leur amour en échange. C'est cruel de s'en vanter, car le moment diffère d'une famille à une autre et il ne faudrait pas qu'une copine se sente lésée avant son heure.

33
CONFUSION,
MÈRE DE LA FOLIE

François se redresse, dans son lit, affolé. Dans son crâne, la sourde musique de sa pression artérielle se répercute en voile rouge, derrière ses paupières.

Il voit clignoter 23 h à son cadran numérique. Silence. *Maudite absence des onze coups.*

L'ombre dansante des voilures diaphanes, à la fenêtre ouverte de sa chambre, est la cause de son éveil impromptu. La lumière de la lune est syncopée et l'effleurement des tissus sur son avant-bras a perturbé son sommeil. Le fantôme de Simone ?

Comment un péché de conscience peut-il, tel un serpent, distiller un venin qui dérègle le cœur et le sommeil ? Avoir volé à Simone un baiser et imposé une étreinte valaient-ils ces trente quelques années zombiques ?

Il vaut mieux me priver de la fraîcheur de la nuit et retrouver la quiétude. Peut-être aussi, revoir la posologie des nouveaux somnifères...

Il tremble, car une fois debout pour fermer la fenêtre et tirer le rideau, un théâtre d'ombres lui offre le contour d'un immense corbeau perché sur le toit du cabanon jouxtant son patio. Un nez en bec d'aigle, lourd au bout d'un cou faiblard. Une huppe désordonnée au sommet du cabochon. Un corps maigrelet duquel émergent deux pinces squelettiques... Un être préhistorique se balance : il va quitter son perchoir vers le ciel ou s'échouer par terre ?

François tente d'évaluer la hauteur et la gravité de la chute, puis interdit à son cerveau d'anticiper le malheur. Il distingue au sol une forme féline, toute blanche, qui tourne en rond comme si elle communiquait avec le drôle d'oiseau ou si elle se préparait à aspirer son âme, dès son atterrissage.

Le grand-père n'ose allumer, pour ne pas créer la surprise et provoquer le pire... Il ferme les paupières et compte jusqu'à trois avant de fixer à nouveau son regard sur la scène. Rien n'a disparu. La clarté lunaire fait apparaitre, pire encore, que c'est… une personne ?! Ezio ? Empêtré dans son drap qu'il porte comme une cape ou peut-être fabule-t-il qu'il est une chauve-souris ?

Est-il en danger ? Quand on est somnambule, est-on conscient du risque ? Aucune minute à perdre. François a une furieuse envie de se rendre à l'horloge, il serait tellement soulagé de le voir glander là, avec la poupée. *Halte-là, vieux fou, affranchis-toi de ton sillon : il est dehors, en déséquilibre. Ressaisis-toi !*

Il s'imagine devoir expliquer au 9-1-1 qu'il n'a rien vérifié avant que ce paquet d'os s'échoie au sol et ça lui fait perdre la tête.

Grouille, essaie de bouger ! Vite, il faut d'abord aller à l'horloge. Ezio aura-t-il ouvert le placard ? Y aura-t-il encore encabané la poupée ? Pourquoi devrais-je revoir cette obscénité ? Vraiment, c'est décidé : la poupée ira aux poubelles dès demain. Et aussi l'horloge maudite ; pourquoi l'ai-je gardée si longtemps ? Est-ce un bon plan ? Dois-je en parler à mon thérapeute avant de tenter quoi que ce soit ? C'est évident que le fils cherche une connexion avec sa mère… Mais non ! Arrête ton cirque, c'est dément ! Il faut que l'horloge parte MAINTENANT !

Alors qu'il tente de déplacer le meuble, celui-ci vacille et le carillon tinte. Il est onze heures.

34
TOMBER DE HAUT

À l'urgence, le personnel entoure le vieil homme hagard d'une couverture, on prend ses signes vitaux, on lui demande son nom et la date du jour.

— La fin du monde... c'est le jour de la fin du monde, balbutie celui-ci, la bouche pâteuse.

Une équipe s'affaire autour des brancardiers qui basculent, avec son drap, un grabataire squelettique depuis la cabine de l'ambulance jusqu'à la civière sur roulettes. Une coquille sur le nez et la bouche pour fournir l'aide respiratoire délimite où se trouve la tête, ou ce qu'il en reste. Un infirmier prend la relève à la réanimation cardiaque.

Le dessus de la couverture masque mal la forêt d'angles rougis qui trahissent la désarticulation spectaculaire du corps. Le côté droit de la tête est fracassé et gluant, la ligne de guérison de l'ancienne traction de la boîte crânienne tire la peau du côté gauche, la calvaria semble s'être dessoudée sous le poids de la chute.

Un urgentiste rapplique avec le défibrillateur cardiaque. Une fois, deux fois, trois... Des assistants l'aident à ranger l'appareil ainsi que l'attirail respiratoire. L'un d'eux tire la couverture sur la tête d'Ezio et pousse la civière vers une unité dont la discrétion mérite un rideau coulissant.

Un intervenant vérifie auprès de François que c'est bien lui qui a appelé le 9-1-1. Que l'adresse donnée correspond à sa résidence ! Qu'il connaît l'identité du jeune homme décédé dans sa cour ! Qu'il réunira dès demain les pièces d'identité et fournira les médicaments que l'un et l'autre ont consommés dans les dernières 24 heures !

Consigné au repos forcé pour quelques heures, François devra rencontrer le coroner qui vient d'être dépêché sur les lieux de la catastrophe. Celui-ci passera ensuite faire ses entrevues à l'hôpital. François est dans la mire, premier répondant du jeune et dernier humain à l'avoir vu vivant. Une autre culbute dans la dégringolade de ses aspirations.

Embourbé, sous l'effet combiné du choc nerveux et de l'endormissement chimique dans ses veines, François doit tout de même collaborer en soufflant dans l'éthylotest et en donnant un échantillon de sang.

Dans la brume où il flotte, François perd son centre de gravité et se demande ce qu'il va répondre quand il faudra décliner le nom d'Ezio et son lien avec lui. Les tremblements le secouent si fort qu'il donne en spectacle les contrecoups d'un drame familial ou d'un règlement de compte.

Il bafouille, il exige qu'on appelle son psy, en oubliant le nom et le numéro de téléphone. Il émet un ronflement et son menton s'affaisse. Les membres de l'équipe opinent du bonnet en s'adressant des œillades… Le bonhomme perd pied, il veut sans doute parler d'un avocat. Puis, François perd conscience.

35

UNE VIE À CONSOLER

« Ping » Le faible tintement tire François du sommeil. Il fait grand jour, les chiffres de son cadran clignotent onze heures. Il est dans son lit, engourdi. En étirant ses bras, il ressent une résistance au coude. Une petite boule de coton loge dans la fosse cubitale, maintenue par un adhésif. Sans se rappeler ni comment ni pourquoi il a ce pansement, il empoigne son flacon de somnifères. Il a pris une double dose ces deux derniers soirs. Celui-ci en contient un dernier. C'est impossible ! Il y en avait encore sept, la veille.

Il masse son front pour réveiller une parcelle de lucidité. Un cillement lui rappelle qu'il doit apporter ce flacon au poste de police. Ainsi que des preuves d'identité pour Ezio et pour lui.

Tel un coup de massue derrière la tête, un mal de tête le possède, le dernier épisode du mélodrame lui revient... Il se dresse pour aller jeter un coup d'œil à sa fenêtre. La trace sombre au sol, un arc de deux mètres à partir de la toiture du cabanon, a scellé le sort fatal d'Ezio. Son caneton a raté son envol. Il a quitté son nouveau nid, mais il n'était pas prêt.

Sa vision latérale capte un mouvement, une fourrure blanche déambule avec grâce et se poste, à côté de l'empreinte de la mort, en ramenant sa queue autour du corps et de ses pattes. Le chat de la nuit dernière ? Le museau tendu vers la fenêtre, le félin semble prêt à témoigner au tribunal des vicissitudes de la ruelle.

François hausse les épaules, il ne sait plus ce qu'il a imaginé, vu ou vécu. Il traine ses pieds jusqu'à la cuisine, lance le percolateur et choisit une banane. Il prend place à sa table et tend la main vers la tablette : il y a une notification. Cette clochette, c'est sa fée Isabella Bianco !

Sur sa table, il reconnait son portefeuille à côté de quelques formulaires de l'hôpital. *Quelqu'un est donc venu me reconduire et je ne sais plus de quoi on a parlé !* Une enveloppe adressée au Dr Bachaud a été ouverte, estampillée d'un encadré où figure le nom du nouveau destinataire, rédigé à la main : François Boissonneault. C'est l'heure de vérité grâce aux résultats génomiques complets, il en est certain. Il était temps ; sinon, comment certifier le lien d'Ezio avec lui ?

Il remplit à ras bord sa tasse de café bien noir. Puis il commence par le message provenant de Gênes. « Toutes mes condoléances à Simone et à vous. Je me demandais comment vous joindre pour vous annoncer tout cela, il y a deux semaines. » Des photos sont jointes : une pierre tombale, un avis de décès pris en photo. Mais pas de portrait de la bella.

Il clique pour agrandir la gravure du monument funéraire comportant plusieurs inscriptions. L'année du trépas est la même pour Ada et Jacopo. Dessous, on peut lire : Simone (1956-), Edgar, Emma (1976-2004), Ezio (1991-2004).

François cale sa tasse sous l'effet de surprise, se brûle la langue et l'intérieur des joues. Il clique sur l'autre photo, l'agrandit pour lire l'avis de décès de Ada et Jacopo qu'Isabella a eu la gentillesse de lui traduire. Le couple a péri récemment dans l'incendie de leur maison. « Ils laissent dans le deuil leur unique fille Simone Ruffo, mariée à François Boissonneault et émigrée au Canada. Elle est la mère de feue Emma, dont l'enfant Ezio est décédé lors du tragique accident d'auto qui a emporté la mère et l'enfant. »

Nerveux, François ne sait que penser de l'inscription prémonitoire de l'année du décès d'Ezio. Les grands-parents Ruffo ont donc appris qu'un petit-enfant existait, puis n'existait plus. La culpabilité d'Emma est sans doute restée un mystère, c'est plus facile de croire à un accident fatal qu'à un geste aussi amoral qu'un infanticide.

François veut remercier Isabella et ses doigts sont gourds, il veut corriger les lettres qui s'emmêlent, il ne sait pas comment s'y prendre, alors il efface ses mots et recommence. Une formule courte. « Merci, chère Isabella, pour votre aide. Mais qui est Edgar ? »

Il retourne au comptoir et remplit sa tasse à nouveau.

« Ping »

Il sursaute, éclabousse son pouce de café brûlant en cherchant à sécuriser sa tasse de ses deux mains.

Une alerte : un nouveau message.

Isabella ?

« Le chat de Simone. Il s'était enfui depuis une année déjà quand elle partit avec vous. Quand il est revenu à la maison, les parents l'ont enfermé pour qu'il ne s'évade plus. Les voisins ont pensé qu'il était précieux, désormais la seule compagnie de ce vieux couple. »

François pèle sa banane, gobe un bon tiers du fruit et retourne à la fenêtre de sa chambre. Le chat est là. Il avale de travers et des larmes manifestent le risque d'étouffement. Il va chercher un petit récipient dans l'armoire. Il jette sa banane, il n'a plus faim. Une fois rempli de lait, le bol est déposé sur sur le paillasson de la porte principale pour ne pas effaroucher le visiteur à quatre pattes.

Quand il revient aux documents, il ouvre d'abord l'enveloppe que lui transmet le médecin traitant d'Ezio. Le résultat est abasourdissant. Pas de concordance entre son sang et celui d'Ezio, c'est dément... Ni avec celui d'Emma, c'est impossible ! Entre Simone et Emma, le taux de 45 % est normal, il passe à 22 % entre Simone et Ezio, c'est prévisible. Une note précise que dans tous les tests, le génome noir contient des traces d'ADN impossibles à déchiffrer, pour un poids insignifiant de 2 %. Les sédiments des générations antérieures et des innombrables croisements, connus ou cachés.

François se désole, il ne partage rien avec cette descendance, c'est pire que l'insignifiance.

Satanée technologie, je n'ai pas rêvé ma vie, quand même ! Il prend conscience que les résultats sont connus du docteur, peut-être même du coroner : il est le dernier à les lire. En se présentant à titre de grand-père aux urgences, on l'accusera de fabuler, désormais !

François porte la main à son thorax dont le centre a durci comme du béton. L'œsophage se contracte et le féculent de la banane en étouffe le sphincter. Les larmes brouillent sa vue, en guise d'appel à l'aide. Il prend une gorgée de son café et s'ébouillante à nouveau la bouche. C'est bien la preuve qu'il est toujours vivant.

Seul Luc Drapeau peut entendre ses élucubrations et lui expliquer comment sa famille et son histoire sont là, en pièces détachées... Il pourra sûrement lui conseiller une marche à suivre ?

Tout s'embrouille, le coroner aura lui aussi une longue liste de nouvelles questions... Comment préparer ses réponses, sans paraitre fou ? Une rencontre d'urgence. Aujourd'hui.

« Ping »

François tremblote, entre l'espoir et l'accablement.

« Il gatto bianco », vient d'ajouter Isabella.

François, hébété, consulte l'outil de traduction.

« Un chat blanc. »

Blanc.

Aspiré, François se sent ballon, il décolle, mais qui tiendra la ficelle pour le garder connecté avec les vivants ?

Un mensonge blanc.

Fumée blanche.

Un blanc de mémoire.

Ça pulse. Il doit trouver une partie de la solution avec la tablette. Il y a un abuseur dans ce scénario de série noire : Jacopo ! C'est Jacopo qui est le géniteur d'Emma. Elle est née si hâtivement à la suite de son mariage avec Simone. Les maudits cheveux charbonneux, les nez minces et longs, les joues plates : Jacopo, Simone, Emma et Ezio.

Et dire qu'Emma a raconté que lui, son papa, avait abusé d'elle... Mais son sang ne circule même pas dans ses veines ni dans celles d'Ezio. Il y a forcément un autre manipulateur dans cette distribution ! Son rôle est évanescent. Le nom titille ses neurones et chatouille sa langue. Il sait qu'il détient une preuve, ici, dans sa maison.

Qui pouvait créer un écran de fumée, tromper les pensées, les effacer peut-être ?

Il compose le numéro de son thérapeute. Il vérifie dans son portefeuille s'il a assez d'argent pour les honoraires d'une consultation express. En touchant au dernier reçu, l'information dormante surgit à la surface de sa conscience. La réponse se trouve sur un autre reçu. Il y a bien des années.

36
IRRÉPARABLE

Exalté, François déboule dans le cabinet de Luc Drapeau. Il porte encore la chemise de son pyjama à moitié calée dans son pantalon. Il tient une tablette, deux petits cartons glacés, des documents, son flacon avec l'étiquette pour discuter des somnifères disparus avant de le remettre au coroner...

— Bonjour, François. Comme je vous l'ai dit au téléphone, j'ai seulement une demi-heure entre deux patients. On pourra programmer un nouveau rendez-vous dans le créneau habituel, quand l'infirmier supervise votre petit-fils, et...

François agite les mains. La nervosité multiplie les pensées incohérentes et il cherche à les ordonner.

— Premièrement, Ezio n'est plus de ce monde. Vraiment, j'ai vu de mes yeux qu'il est irréparable, cette fois-ci.

Le tuteur déçu crache ensuite les dernières nouvelles et étale, sur la table d'appoint, un par un les éléments appuyant son récit et ses recherches, tel un procureur qui expose les preuves. Mais il est en mode autodéfense. Il déclame sa conclusion : le désastre du résultat de filiation.

— L'hypnotiseur, ce sorcier ! Je vous ai parlé des dépenses et du paiement de ses dernières factures à la suite de la fugue d'Emma. Elle était enceinte et refermée sur elle-même. C'est lui, il lui a joué dans la tête, c'est sa spécialité ! Sous prétexte de la guider, il pouvait formuler, reformuler, répéter et créer des souvenirs inventés. En tout cas, elle a construit une force d'obstination, de distanciation et de dédain à mon égard. J'espérais en secret qu'elle serait obsédée par le bébé, une forme de compensation, si elle pouvait devenir irremplaçable pour ce petit être tout neuf. Puis j'ai douté de cette réaction, peut-être allait-elle hériter du déni d'assumer son rôle de mère, comme Simone.

Le thérapeute soulève le flacon de sédatifs et le dépose.

— François, qu'est-il arrivé de la quantité des cachets indiqués, là, sur ma prescription ?

— Excellente question. Je me déclare coupable d'avoir pris quatre cachets au lieu de deux, ces derniers soirs. Mais je suis sûr que Ezio s'est servi ; c'est pourquoi il a perdu l'équilibre. C'est facile à comprendre, non ?

François lisse ses cheveux, masse son front comme pour rassembler les fragments de sensations, d'idées, et tisser des liens entre les faits insensés.

— Il n'était pas dans son état normal : perché, emmêlé dans une couverture, au rebord d'un toit pentu, la nuit. Peut-être somnambule. Une chose est sûre, la concentration et la composition de ces ingrédients actifs sont décelables dans son sang.

Luc demande à François de lui donner la main, il veut mesurer l'effervescence de son patient tout en lui offrant un contact compatissant.

— Cela n'empêche, vos propres réflexes étaient réduits. C'est un fait. Et personne n'a été témoin de ce qui a déclenché la chute...

— Mais l'important c'est que je vous avais confié qu'il se comportait en zombie la nuit. Oui, oui, je vous ai dit, aussi, qu'il savait des choses dont je ne lui ai jamais parlé, même des choses qui m'étaient inconnues, par exemple : où était cachée la poupée, pourquoi il y avait un lien avec l'horloge et, mon Dieu, j'espère que j'ai raconté qu'il l'a éventrée et a trouvé un autre message dans la bourrure... Et ces messages sont bizarres, ça frôle la malédiction ou la manipulation et...

Le thérapeute offre un verre d'eau pour calmer ce volcan. François y trempe à peine les lèvres et ses yeux exorbités cherchent à prendre la relève, brillants sous l'assaut des larmes.

— Vous allez m'aider, n'est-ce pas ? Comment on procède quand un client vous permet de témoigner pour lui, de révéler ce qui s'est raconté, ici ?

— Il y a un consentement à parapher, pour préparer votre déposition ou un interrogatoire. On y verra en temps et lieu.

François ouvre sa tablette, la fait pivoter pour montrer l'écran.

— On n'a pas de temps à perdre, le coroner est sur mon dos. Voilà tout ce que je vais lui montrer. J'ai trouvé sur Internet le nom du thérapeute par hypnose. Son nom est sur les reçus que j'ai payés. C'est une PREUVE. Et c'est le même nom sur les étiquettes de certains médicaments prescrits à Emma, dans le temps. Ce n'est pas une COÏNCI-DENCE. Elle était intoxiquée au moment de l'accident d'auto. Les mêmes molécules ont été identifiées dans le sang du conjoint et du petit. C'est écrit dans le RAPPORT D'ENQUÊTE du coroner. Bon, revenons aux tests de filiation et à ce manipulateur ! Vous verrez qu'il a été condamné, à la suite d'un procès : il a perdu son privilège d'exercer en raison d'abus sexuels sur de nombreuses fillettes, en état d'hypnose. Il s'est suicidé, le lâche. Il n'y a aucune démarche possible pour tracer l'ADN et déterminer sa paternité.

— Je peux trouver l'inscription officielle de cette condamnation, c'est un fait vérifiable. Le nom d'Emma ne figure pas nécessairement à la plainte collective, sinon vous l'auriez su...

— Mais je ne savais pas qu'une fronde s'organisait, voyons ! Vous pigez sa grande manœuvre ? Emma le consultait depuis ses douze ans. À quatorze ans, quand elle est devenue enceinte, il avait pris son temps pour créer et ancrer l'histoire du coupable : son père déçu de sa relation conjugale et qui aime trop sa fille.

— C'est votre impression. Une impression, c'est un pari. Ça ne prouvera jamais s'il était le père d'Ezio.

— Mais le résultat des analyses sanguines entre Ezio et moi prouve que ce n'est PAS MOI qui ai engrossé Emma. Et le conjoint d'Emma l'a connue enceinte, c'est un autre FAIT indiscutable.

— Oui, vous mériterez l'indulgence de ce nuage noir en moins sur votre tête.

— Vous allez m'épauler, oui ou non ? Je ne voulais qu'une famille et être heureux. Je me sens en perdition, c'est injuste ! Je suis seul au monde.

— Oui, je serai à vos côtés. Mais vous n'êtes pas seul au monde. Pensez à Simone... Aucune personne n'est obligée de rester seule.

François repositionne la tablette et pianote. Il fait pivoter encore l'écran vers le thérapeute et commence à lui raconter les noms sur la bière tombale.

L'avis de décès de Jacopo et d'Ada.

L'année de décès : 2004 au bout du nom d'Ezio, la même que pour Emma.

Il est temps de parler du chat Edgar.

37
LA SENTENCE DE VIVRE

François Boissonneault quitte le poste de police, courbé comme un roseau dans la tempête. Il a déversé en vrac tout son mal de vivre au coroner. Ce dernier a accepté de lui communiquer une donnée, puisque l'hypothèse était correctement formulée : Ezio avait une concentration hors norme de sédatif dans son sang. Il a aussi promis de contacter Luc Drapeau pour comparer avec la prescription et connaître les circonstances atténuantes depuis que le convalescent était sous sa garde.

François sera-t-il accablé d'un manque de vigilance ? À qui peut-il se plaindre de tous les manques à son existence ? Il se sent creux, vide. Il se penche pour ramasser des pierres et remplir ses poches. Sa crainte de se sentir à nouveau tel un ballon flottant l'emplit d'une fièvre qui lui donne envie de pleurnicher.

Personne ne l'appellera plus Fresno. Son corps dégage une odeur rance qui doit se renifler à la ronde. Il va mourir, ce sera forcément son tour. Il va mourir seul, la calamité s'ajoute au sentiment de fatalité.

Une douleur fend sa poitrine de haut en bas : le rêve s'est évaporé, ainsi que son emprise sur Simone et la méprise d'une descendance. Tout est en ruines, quand on cherche l'appartenance dans les particules du sang parce que le tissu des jours, des joies et des jeux n'existe pas, ne ravive pas le cœur d'une émotion bondissante au détour d'une couleur, d'une odeur, d'une saveur ou d'une peine partagée comme celle d'avoir perdu le chat de la maisonnée.

Le chat ?

Une parcelle de joie chatouille François. Il essuie ses yeux et accélère le pas vers son domicile. Est-ce que le *gatto bianco* est revenu pendant son absence ? A-t-il trouvé le bol de lait ?

Il doit essayer de l'approcher, pour vérifier si ce petit chat est un mâle.

S'il a une médaille.

Si oui et si non, il s'imagine déjà l'appeler Edgar.

Il larmoie, sans savoir pourquoi. Est-ce que le chat veut être sauvé ? Est-ce lui, François, qui a un syndrome de sauveur, à force de projeter son affection ainsi ?

Pêle-mêle, il dresse mentalement une liste de corvées.

Jeter la poupée, les casse-têtes, les contes et l'horloge.

Remettre le salon en état de servir de salle pour la télé et de coin lecture.

Acheter un coussin pour le chat, s'il veut bien entrer chez lui : pourquoi pas ?

Tout à coup, il a hâte de raconter ça à Simone...

Son souffle est coupé. Il avise le banc public qu'il rencontre sur son chemin et s'y réfugie.

Oui, Simone a aimé un chat blanc.

Elle a dû sourire en le caressant.

Elle a sûrement pleuré sa perte, elle était une jeune fille bien triste à ses 19 ans.

Aimera-t-elle le petit orphelin félin qui rôde en cherchant une main humaine ?

Quel défi : voilà un projet, un programme !

38
AUJOURD'HUI, DEMAIN

François, guilleret, arrive avec sa tablette en main au rendez-vous chez son thérapeute. Il lui montre une vidéo du chat de ruelle, ses yeux brillent et il les tamponne avec un coin de sa chemise.

Il raconte son programme comme une guérison : ménage, achats, visite à Simone...

Luc Drapeau sourit en regardant le chat qui lape le bol du meilleur lait du quartier, celui que le vieil homme lui donne en cette troisième journée.

François lui confie avec le trémolo dans la voix qu'il a contacté la résidence pour annoncer son prochain rendez-vous à la chambre de Simone. Il s'essuie encore les yeux en avouant avoir été submergé d'une inquiétude sans fond, il n'avait pas eu cette curiosité de savoir si la visite des petits animaux était encouragée !

— Vous êtes emballé, votre joie est communicative. Vous avez trouvé un bon compagnon, je suis content pour vous.

— Mais pour Simone aussi ! Elle n'a pas besoin de parler, je ne vais pas l'interroger sur le passé, on n'a pas à ressasser nos déceptions. Le personnel là-bas insiste : vivre le moment présent. Un chat, c'est drôle, c'est vivant, c'est affectueux...

— Même en souffrance, personne n'est obligé d'être tout seul. Alors vous me raconterez les grandes présentations, les réactions de Simone, le comportement du chat. Préparez-vous à un accueil timide, lors du premier contact. Elle n'est plus l'enfant qui ouvre la boîte perforée pour découvrir l'animal-cadeau qu'elle a tant et tant réclamé...

François lève son index et fait un clin d'œil malicieux.

— J'ai mon petit plan. Et j'ai bien pesé mes premiers objectifs. J'ai appris de mon volontarisme... « oggi, domani », aujourd'hui, demain. Un jour à la fois.

Luc Drapeau sent que les rencontres vont s'estomper. Il lui fera peut-être lire un résumé de la thérapie d'enracinement. Au-delà de la zoothérapie, le but est plutôt de faire vivre ou de laisser mourir, sur le mode choisi : en cultivant des fines herbes en pots, un potager dans la cour, des vivaces et des annuelles en observant le cycle des saisons... soigner un animal de compagnie.

Prendre un engagement envers le vivant.

39
REVIVRE

Arrivé au bord du lit de Simone, François respecte les consignes de Mukamana : il pose sa main chaleureuse sur l'épaule gauche qui ne tressaillira plus jamais.

L'air confiné embaume le talc pour bébé.

— Coucou, Simone !

Il contourne le lit et place une chaise pour faire face à sa femme qui vient d'atteindre l'âge qu'il avait quand il l'a enrôlée en couple avec lui. Ses genoux touchent le rebord du matelas. Il déplie une page qu'il a tirée de sa poche. Il déglutit pour refouler l'étrange poids des mots qui existeront en tant que parole par leur vibration dans l'air. Il lui lit l'avis de décès de Jacopo et Ada, morts ensemble dans leur vieille maison à Gênes, détruite par un incendie.

Il tâtonne, sous la couverture, tant de tissu à déblayer avant d'atteindre un bout d'humanité, à la recherche d'une main que la manche trop longue a avalée.

Il s'approche de son oreille, camouflée par le sempiternel bonnet à rebord élastique.

— Simone, tout s'est éteint.

Frissonnant, il capte un infime mouvement. Il retire sa main sous l'effet de surprise. Le corps de Simone se détend, s'affaissant sur le dos ; les membres s'alignent, en tout abandon. Au cours de cette éclosion au ralenti, la bouche de Simone s'est entrouverte. Ce n'est pas encore un sourire...

Fébrile, il se libère de sa chaise pour mieux se pencher vers les paupières, cherchant à en saisir, en vain, un éclat furtif, évanescent, une brèche vers la lucidité ou le soulagement... Il perçoit une aura paisible, la peau apparait distendue, assou-plie, rajeunie.

Un miaulement se fait entendre, depuis la cage que François a déposée à l'entrée de la chambre.

Simone ouvre les yeux, une main vient masser sa gorge. Elle déglutit, cherche-t-elle les mots, la salive pour les faire glisser sur sa langue ?

— Oggi, j'aimerais te présenter *il gatto bianco* qui vient me séduire sous ma fenêtre depuis quelques jours... Il ne me quitte plus. Je l'ai amené vers toi... Veux-tu le voir ?

Le premier sourire de Simone fleurit, elle bouge un peu, empêtrée dans tous ses draps qui collent à sa jaquette. François l'aide à se redresser, il cale les deux oreillers dans son dos.

Il retourne à l'entrée de la chambre, ouvre la portière et prend le félin qui commence à ronronner. Tout près du lit, il le tourne pour le lui montrer.

Elle rosit, tapotant d'une main le dessus du matelas, à son côté. François y dépose le minet. Elle le caresse sans hésitation. Il s'étire de tout son long, comme s'il voulait profiter des draps.

— *Chi sei, gatto bianco ?*

François lévite presque... il reformule.

— Qui es-tu, petit ange ?

Il a envie de répéter cette visite.

Dès demain. *Domani.*

SILENCE

J'm'en va t'emmener où c'est silence...
   Y'a plein d'affaires qu'on dira pas
   Y'en a toujours qu'on dit jamais
   Qu'on dit jamais.
J'm'en va t'emmener devant la mort
Quand la vie part
Voir si ton cœur battra l'amour, encore.
Y'a plein d'affaires qu'on dira pas
Y'en a toujours qu'on dit jamais
Qu'on dit jamais.

Fred Pellerin. Paroles écrites en 1999 et offertes à
Elisapie Isaac. Chanson enregistrée ensuite en
2009 sur son album Silence.

NOTES D'ÉCRITURE

Au cours d'une formation « Atelier de minuit : Écrire l'horreur », Lou Benedict a embrassé une prémisse de Ben Morris : une vieille horloge sert de portail au petit-fils avec un titre comme « Coucou grand-père ».

Fascinée par les filiations toxiques, elle a choisi d'exploiter un psychopompe : l'horloge grand-père refuse de sonner les onze coups, exacerbant la folie de Simone qui s'oblige à des prières obsessionnelles à ce moment de la journée. Dans la Bible, cette onzième heure correspond à l'heure de la mauvaise conscience, ce qui fournit un écho puissant aux manifestations symboliques du mal universel et rampant de la maltraitance intergénérationnelle à travers la quête d'identité, la recherche du bonheur, le poids des secrets. Sur une temporalité de vingt-huit années, la nouvelle débute par l'émergence du coma de l'adolescent Ezio, réchappé d'un accident d'auto suicidaire. Par ses séquelles irréparables, le dernier descendant révèle le dysfonctionnement familial et l'impact de ce traumatisme sur la dégénérescence d'une lignée.

François évolue sur un cycle de consultation psychologique qui dure sept jours d'affilée, un symbole puissant associé à la croissance spiri-tuelle, à la guérison et à la quête de vérité (la durée d'une semaine, le mythe de la Création, les sept couleurs de l'arc-en-ciel, les sept chakras). Ce cycle intensif s'adapte bien à la panique grandissante de François, un homme d'action. Par peur de perdre la raison, il entre en introspection comme si c'était un chantier et débouche sur une nouvelle phase de sa vie avec Simone.

Lou désire rendre hommage à Stephen King, dont elle a emprunté et reformulé une métaphore irrésistible : « si seulement... » tirée de Serpents à sonnette, Plus noir que noir, recueil de nouvelles 2024 (traduction Albin Michel 2025) pour une répartie portant sur les regrets.

À PROPOS DE L'AUTEURE

Lou Benedict crée des histoires étranges aux relents des fruits pourris de la filiation héritée ou fantasmée. Des deux, il faut se méfier : l'accumulation désordonnée et les souvenirs inventés sont des ferments ! Les croyances sont la première et la pire prison de ses personnages. Ses énigmes broient les aspirations du rêve, de l'attachement, de l'identité rêvée.

Ses forces d'écriture convergent dans la collection VOIX ENTRAVÉES : l'art de donner corps au silence imposé ou choisi, telle une armure.

Cette collection porte sa signature distinctive : des femmes marginalisées refusent le destin et les conventions qu'on leur impose. Ces personnages, contraints au silence ou à la parole dévoyée, se trouvent des langages alternatifs. Lou Benedict excelle à créer des symboles polysémiques qui portent simultanément la mémoire traumatique et la promesse de transmission, de réparation, de guérison. Son écriture allie recherche historique minutieuse et lyrisme viscéral, documentant avec précision les oppressions tout en construisant des mythologies intimes de réparation.

Psychosociologue de formation, Louise Boucher se passionne pour les phases de la vie, la résilience en situation de changements souhaités ou subis. Cette expertise nourrit profondément son écriture : ses personnages traversent des crises d'attachement (adoption, deuil, possession), testent les limites de l'identité, et négocient leur place dans des systèmes qui les rejettent. Elle maitrise l'art de représenter les stratégies de survie — dissimulation, manipulation affective, réappropriation du pouvoir par les savoirs interdits — avec une justesse psychologique remarquable.

Elle écrit depuis 2018 et fut récipiendaire du Prix Clément-Marchand en 2021. Sa nouvelle « Mets-y de la joie » fut éditée sous le titre Régénérescence dans la revue artistique Le Sabord, n° 121, Cellules, juin 2022. Elle coécrit avec Ben Morris et participe à plusieurs collectifs de nouvelles. Ensemble, ils ont fondé leur maison d'édition Locus Production et un organisme à but non lucratif, PromoLire, pour développer des activités littéraires collectives.

DE LA MÊME AUTEURE

- Voix entravées :
  - Luna – Le fil invisible
- Le Petit Prince des Bermudes
- Âme en panne (recueil)

Avec Ben Morris :

- Maëva
- Malaises imaginaires (recueil)
- SatanéeS nouvelles (recueil)
- Mélanges mortels (Une enquête de Sophie Hart de la série Angle mort)
- Double vie. Histoire de mensonges (collaboration)

LA ROCADE
À PARAÎTRE EN 2026

Collection THRILLER

Perception trompeuse, Pierre Bergeron

Collection FANTASY

Lame dansante, Guy Bergeron

Collection FANTASTIQUE

Luna, Le fil invisible, Lou Benedict

Simone, La onzième heure, Lou Benedict

Collection HORIZONS FÉMININS

Romane, Sophie-Luce Morin

Les neuf vies de Sarah-Victoria St-Pierre, Mylène Gilbert-Dumas

Collection HORIZONS MASCULINS

Le Phénix, Carl Chiasson

LA ROCADE
PARUS EN 2025

auto-édition haut de gamme

Alsafi, Richard Blanchette

Tu m'appelles Amalia, Sophie-Luce Morin

Né pour enquêter, Pierre Bergeron

Les âmes perdues, Guy Bergeron

Coeur de givre, Guy Bergeron

L'indomptable Joséphine, François Guilbault

1704, Mylène Gilbert-Dumas

Lili Klondike, tomes 1 à 3, Mylène Gilbert-Dumas

Pour de plus amples informations ou pour connaître
une date de parution spécifiée, rendez-vous au :

www.larocade.ca